Renate & Uwe H. Sültz
Bücher von A bis Z

Abigail Stones

EMMA WARREN - MEIN FREUND MARSHAL WYATT EARP

BoD - Books on Demand
Norderstedt 2021

Bibliografische Information durch die Deutsche Nationalbibliothek
Die Deutsche Nationalbibliothek verzeichnet diese Publikation in der
Deutschen Nationalbibliografie; detaillierte bibliografische Daten
sind im Internet über http://dnb.dnb.de abrufbar.

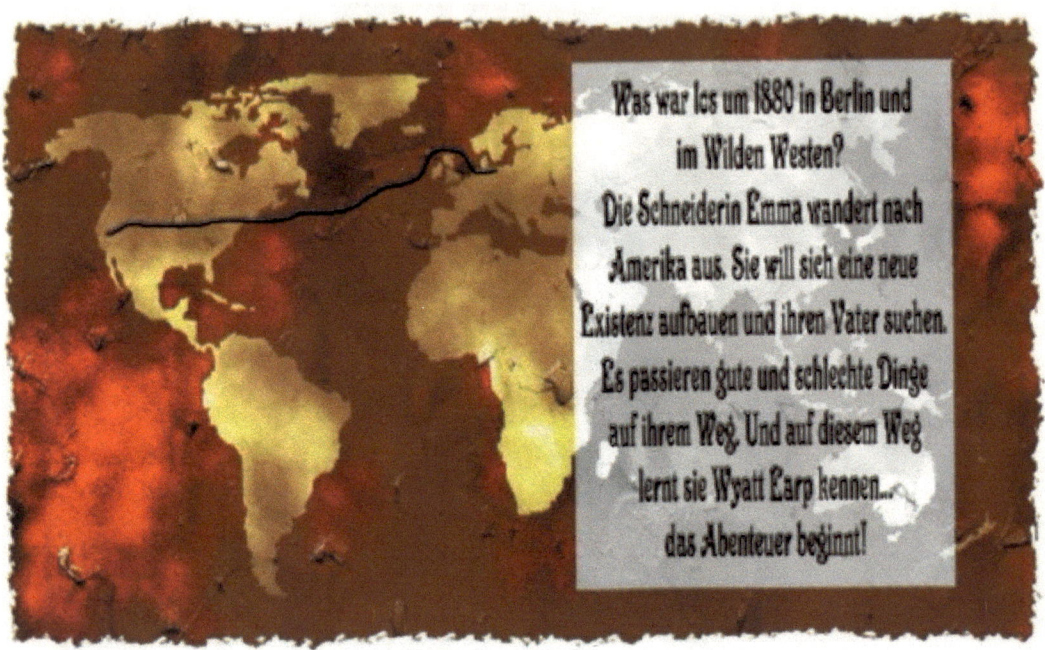

Was war los um 1880 in Berlin und
im Wilden Westen?
Die Schneiderin Emma wandert nach
Amerika aus. Sie will sich eine neue
Existenz aufbauen und ihren Vater suchen.
Es passieren gute und schlechte Dinge
auf ihrem Weg. Und auf diesem Weg
lernt sie Wyatt Earp kennen...
das Abenteuer beginnt!

© Abigail Stones BoD
Herstellung und Verlag
BoD – Books on Demand, Norderstedt
ISBN 9-78375-5-70000-5

pixabay AKTIVES MITGLIED
© BY SÜLTZ
AKTIVES MITGLIED
UND FÖRDERER

Sültz Bücher
Sültz

Stammbaum

Konstanze ▶

Robert, Bruder

▼

Emanuel & Konstanze von Beck

Emma, Tochter

▼

Söhne Sigmund & Fritz

▼

Josefine, Tochter ▶ **Klara, Angestellte**

▼　　　　　　　　　　　　　　▼

Johanna, Schulfreundin

▼

Danny, Sohn

Frank, in Klara verliebt

Kaiser Wilhelm der Erste wurde 1871 zum Kaiser ernannt. Ein deutscher Nationalstaat entstand. Durch die Hochindustrialisierung ging es Deutschland recht gut. Das hielt bis zum Ausbruch des ersten Weltkriegs 1914 an. Damals verlor die Monarchie ihre Dominanz durch die soziale Not.

Es gab erst ab 1885 erste Fahrzeuge und dampfbetriebene Straßenbahnen. Pferdekutschen dominierten das Straßenbild.

Berlin 1880

Konstanze sah sehr schön aus in ihrem neuen Kleid. Der Jugendstiel hatte gerade Einzug gehalten und prägte die Modewelt. Ausladende Reifröcke oder Kostüme, sowie überdimensionale Hüte waren hochmodern. Sie wurde 1855 geboren und war nun schon länger eine erfolgreiche Geschäftsfrau. Die Eltern, geboren 1820, legten Konstanze das Schneiderhandwerk in die Wiege. Robert, Konstanzes Bruder, hingegen war eher ein Abenteurer. Er wanderte nach Amerika aus, nachdem seine Frau früh verstarb.

Robert hinterließ Tochter Emma, geboren 1860. Angelockt vom Goldrausch suchte er dort sein Glück. Seine Tochter gab er mit viel Vertrauen in die Hände seiner Schwester, sie sollte ein ordentliches Handwerk erlernen.

Die junge Frau Konstanze hatte Schwierigkeiten ihren Rock zu fassen, schaffte es aber dann doch in die wartende Kutsche einzusteigen. Sie musste schnell ins Geschäft. Konstanze war, wie erwähnt, Inhaberin der kleinen Schneiderei, die bis vor kurzem noch ordentlich Kundschaft hatte.

Selbst Otto von Bismarck hatte schon bei ihr schneidern lassen. Nun ist es sehr ruhig geworden, obwohl es den Leuten nicht schlecht ging. Konstanze selbst hatte sich in einer kleinen Hinterhofwohnung niedergelassen. Das genügte ihr vollkommen, denn sie hatte für sich keine großen Ansprüche. Außerdem war die Wohnung günstig; sie musste sparen wo es nur möglich war. Drei Angestellte, darunter auch Emma, Konstanzes Nichte, waren in ihrem Laden beschäftigt und mussten alle zwei Wochen bezahlt werden. Nun, Emma bekam manchmal etwas später ihren Lohn, Konstanze hoffte, dass sie einmal Mitinhaberin werden würde. Obwohl Emma immer davon sprach, einmal ihrem Vater folgen zu wollen, um Arbeitskleidung in Amerika zu nähen. Dazu aber später mehr...

Potsdamer Platz

Angekommen an ihrem kleinen Laden, sagte Konstanze dem Kutscher, dass er einige Minuten warten möge. Sie stieg nicht aus, sondern beobachtete, wie ein gutgekleideter Herr ihr Geschäft verließ.

Der Anblick des Mannes machte sie stutzig, denn wie lange war es her, als solche Leute sie aufgesucht hatten? Er rief eine Kutsche herbei... weg war er...

Konstanze stieg nun aus und ging in die Schneiderei. „Konstanze, Konstanze, was denkst Du wer gerade hier war?" Lotte konnte vor Aufregung kaum sprechen. „Bitte langsam, Lotte.", sagte Konstanze und Lotte fuhr fort: „Ein Adeliger scheint er zu sein, ein feiner Herr... nur in Seide gekleidet. Er bestellte eine große Menge Gardinen und Brokatvorhänge. In drei Wochen will er alles abholen lassen. Eine großzügige Anzahlung hat er geleistet!" Lotte war immer noch sehr aufgeregt.
Als beste Näherin verdiente sie für damalige Verhältnisse recht gut, 100 Mark, das kam schon fast dem Gehalt eines Beamten gleich... Konstanze sagte immer: „Du bist es Wert, darum zahle ich Dir einen guten Lohn."

„Hast Du dir den Namen Herrn aufgeschrieben, Lotte?", bemerkte die Chefin. „Natürlich, er hieß Freiherr von Beck!" „Von der Anzahlung werde ich die Stoffe kaufen, damit wir pünktlich liefern können.", sagte Konstanze.

Sie benötigte feinste Seide und Brokatstoffe.
Am nächsten Tag fuhr sie nach Paris zu einer befreundeten industriellen Familie, die eine große Weberei besaß und Seide aus Indien bezog.
Konstanze bestellte das was sie benötigte und fuhr nach Berlin zurück.

Einige Tage später kam die Ware mit der Bahn und musste vom Personal abgeholt werden. Nun flogen die Stoffe hin und her... es wurde gemessen und genäht... alles musste genau stimmen... keiner durfte sich einen Patzer erlauben, denn die Stoffe waren zu wertvoll.

Einige Wochen später ließ Freiherr von Beck die fertigen Gardinen abholen. Gleichzeitig schickte er an Konstanze eine Einladung um sich für die problemlose und gute Fertigstellung zu bedanken. Auf der Einladung stand

Schloss Britz

„Na, ja, Schaden kann es nicht dieser Einladung zu folgen.", sagte Konstanze. Einige Tage später befand sie sich in bester Gesellschaft wieder. Der preußische Landadel bat zu Tisch. Der Herr des Hauses, Emanuel von Beck, war noch recht jung. Vor einiger Zeit zog er in dieses Schloss, renovierte es aufwändig... die schönen Vorhänge und Gardinen von Konstanze zeigten seinen guten Geschmack.

Der Freiherr wollte viel wissen von Konstanze, ebenso seine Schwester, die das Schloss ebenfalls bewohnte. Das Essen war wunderbar; und der Wein stieg Konstanze in den Kopf.

„Ich werde Sie selbstverständlich mit der Kutsche zurückbringen lassen.", sagte von Beck. „Ich fahre gern mit, damit Sie gut ankommen."

Konstanze schämte sich... musste ausgerechnet dieser Mann sehen wo sie wohnte? In einer schäbigen Hinterhofwohnung... nein, das wollte sie auf keinen Fall!

„Ach, wissen Sie, bis zum Potsdamer Platz ist doch nicht so weit, das geht schon, wenn ich allein fahre!"
„Ungern, aber wenn es Ihr Wunsch ist.", entgegnete von Beck.

Sie verabschiedeten sich und von Beck bedankte sich nochmals für die wunderbare Arbeit. Geschickt lud er sie zu einer Bootsfahrt ein. Der Langen See war nicht weit vom Schloss entfernt, die wunderbare Seenlandschaft rund um Berlin lädt zum Spaziergang oder zum Rudern ein... Konstanze willigte ein.

Das Glöckchen der Ladentür müsste geölt werden, man nahm sie kaum mehr war. Als Emanuel von Beck eintrat, konnte man aber seine kräftigen Schritte wahrnehmen.

Lotte kam aus der Nähstube nach vorne und wollte wissen, was sie für ihn tun könne. Dieser wollte Konstanze zur Bootsfahrt abholen. „Guten Tag!", meldete sich Konstanze und gab dem Personal Bescheid.

Immer wieder musste Konstanze neuerdings dem Personal unter die Arme greifen, da, oh Wunder, viele Aufträge hereinkamen. Emma war ja noch in der Ausbildung, sie lernte aber schnell. Es musste sich wohl sehr schnell herumgesprochen haben, dass von Beck Kunde bei ihr war.
Den Verdienst, den die Kundschaft brachte, konnte Konstanze dringend gebrauchen.

Sie fuhren mit der Kutsche zum See und genossen den sonnigen Tag. Auf der Heimfahrt schaute Emanuel Konstanze lange an und bemerkte: „Sie sind eine sehr schöne Frau, Konstanze."

Verlegen schaute sie zur Seite und antwortete nicht. Nachdem sie am Potsdamer Platz angekommen sind, verabschiedeten sie sich. Sie traute sich nicht ihm in die Augen zu sehen, so verlegen hat sie Emanuel gemacht. Schnell stieg sie aus und verschwand im Laden.

Von Beck war ein Mensch, der sich nie auf die faule Haut gelegt hatte; er angergierte sich in der Industrie und im Bergbau. Über Arbeit konnte er sich nicht beklagen, schließlich musste das Schloss finanziert werden. Was nutzte ihm der Adelstitel, wenn er ein armer Schlucker war.

Konstanze arbeitete mit Lotte und den beiden anderen Frauen ununterbrochen. Es wurde gemessen, zurechtgeschnitten und genäht. Die feinen Damen und Herren der Gesellschaft kamen gern zur Anprobe oder bestellten Stoffe.

Über Aufträge konnte sich Konstanze nicht beklagen, das war auch gut so, so konnte sie die Löhne pünktlich bezahlen. Die Ladenmiete war auch nicht billig... nach langer Durststrecke konnte Konstanze nun endlich aufatmen! Selbst für den Leierkastenmann, der sich seit einigen Tagen vor dem Laden platzierte, fiel immer etwas ab.

Nach ein paar Wochen meldete sich Freiherr von Beck wieder bei Konstanze. Er kam, wie immer nicht lautlos, in den Laden gelaufen und rief voller Freude: „Fräulein Konstanze, ich bin es, Emanuel!" Sie hörte es nicht, denn sie war gerade damit beschäftigt ihre neuste Errungenschaft auszupacken... eine neue Nähmaschine! Es war ihre erste Nähmaschine, eine Opel, auf die Konstanze sehr stolz war... nun konnte sie noch schneller arbeiten.

Immer wieder rief von Beck: „Konstanze, ich bin es, Emanuel!" Endlich reagierte sie und kam in den Laden.

„Guten Tag, Emanuel, kann ich etwas für Sie tun?"
„Nein... oder doch!" Er wusste nicht wie er beginnen
sollte... „Ich möchte mit Ihnen nach Luisenstadt fahren
und Sie ins Theater einladen." Schon wieder eine
Einladung, dachte sie... sie wurde rot. Was bezweckte
er damit? „Ja, gern, Emanuel."

„Jetzt Sonntag!" Emanuel freute sich. Von Beck weiter:
„Fräulein Konstanze, ich habe gehört, dass der
Mietshausbau in Charlottenburg floriert, ich könnte
Ihnen in einer besseren Umgebung eine Wohnung
besorgen. Außerdem bin ich mit dem Bürgermeister
Fritsche sehr bekannt." „Sie meinen es sicher gut mit
mir, aber ich möchte hier nicht weg, ich bin hier
aufgewachsen und meine Kundschaft wohnt hier."

Am Sonntag fuhren sie gemütlich mit der Kutsche
nach Luisenstadt ins Zentral Theater. Eine wunderbare
Aufführung bei der sich auch Konstanze und Emanuel
näher kamen. Plötzlich saßen sie ganz eng beieinander.
Ungewollt berührten sich ihre Hände... erschrocken zog
Konstanze ihre Hand zurück. Aber Emanuel zog sie
wieder an sich und küsste ihre Hand... sah sie an...
ihre Blicke trafen sich.

Von diesem Augenblick an begann eine Romanze.

Nach wie vor trafen sie sich. Die Schneiderei lief gut.
Viele Menschen zogen hierher, auch sie wurden Kunden
der Schneiderei. Dem Leierkastenmann ging es ebenfalls
recht gut. Von den Groschen, die er bekam, konnte er

gut leben. Von jetzt an sollte sich alles ändern.
Auch Emma bekam nun immer pünktlich ihren Lohn.
Sie suchte in ihrer Freizeit viele Informationen über
Jeans. So konnte sie ihre Tante aufklären: „Der Ursprung
waren Hosen aus Baumwolle, die aus der Gegend um die
italienische Stadt Genua in die USA kamen. Aus der

französischen Form des
Städtenamens Gênes
entwickelte sich in
Amerika die Aussprache
„Jeans". Levi Strauss,
der in Franken geboren
wurde und als
Auswanderer 1847 nach
San Francisco ging,
fertigte für Goldgräber
diese robuste
Arbeitsbekleidung.
Vater trägt sie bestimmt
ebenfalls."
Konstanze hörte
aufmerksam zu und
merkte, dass
Emma doch einmal einen anderen Weg einschlagen
würde. „Übrigens, liebe Tante, die Gênes ist aus dem
Stoff „Serge de Nîmes" (Gewebe aus der Stadt Nîmes),
kurz Denim Jeans. Ist das nicht alles interessant?"
Ihre Tante stimmte zu.

Regelmäßig fuhr Konstanze nun mit dem Zug nach Frankreich um Stoffe zu kaufen. Auch an diesem Tag... ausgerechnet jetzt... inmitten des Erfolgs, geschah das Unfassbare... Sie wollte gerade in den Zug einsteigen und machte einen Fehltritt... sie fiel... der Zug kam in Fahrt und, wie furchtbar, er fuhr über ihre Beine... es war grausam.

Man brachte sie in eine Krankenanstalt. Der behandelnde Arzt sagte nur: „Mein Gott, so eine junge Frau." Die Operation dauerte sehr lange. Am nächsten Tag konnte der Arzt Konstanze mitteilen, dass sie ihr Beine zwar behalten kann, jedoch die Nerven geschädigt sind, so dass sie nie wieder laufen könne.

Konstanze weinte unaufhörlich. Eine Welt brach für sie zusammen. Ihre Schneiderei... ihre Wohnung, in der sie sich so wohl gefühlt hatte... was soll nun werden?

Sie musste stark sein, irgendwie musste es weitergehen, dachte sie.
Konstanze veranlasste, dass Emanuel, Lotte und einige Freunde, eine Benachrichtigung erhielten.

Der Aufenthalt im Sanatorium dauerte viele Wochen... Konstanze kämpfte, ihr Lebensmut verhalf ihr dabei, dass sie wieder nach Hause konnte. In der Zwischenzeit teilte ihr Lotte mit, dass sie sich nicht um das Geschäft sorgen müsse. „Ich werde mich mit Emma gut darum kümmern, alles wird gut!" Emma legte ihre Auswandergedanken nun erst einmal zur Seite.

Um ihre Tante nicht noch mehr zu beunruhigen, sprach sie auch nicht mehr darüber und war noch fleißiger.

Emanuel erhielt den Brief während einer geschäftlichen Besprechung. Er öffnete den Brief, setzte sich, eiskalt lief es ihm über den Rücken. Sein Einglas glitt ihm vom Auge, ganz bleich wurde er.

Er rief nach seiner Hausdame Berta: „Bitte packen Sie mir sofort das Nötigste für einige Tage ein, ich verreise!" Berta stellte keine Fragen, aber sie vermutete, dass, anhand vom Gesichtsausdrucks von Becks, etwas nicht stimmt. Der Schlossherr rief die Kutsche, einige Stunden später kam er zu Konstanze.

Das Krankenhaus machte einen beängstigenden Eindruck... kalt und unpersönlich war das Gemäuer. Aber es nutzte nichts, er musste zu Konstanze. Er weinte noch bevor er das Zimmer betrat. Emanuel öffnete die Tür. Sie saß im Rollstuhl... mit dem Gesicht zum Fenster. Sie schämte sich.

Konstanze wollte nicht, dass er sie so sah. Er flüsterte: „Bitte mein Schatz, drehe Dich zu mir um, bitte." Langsam drehte sie sich zu ihm, ganz gelang es ihr jedoch nicht.

Ihre Schönheit hatte nicht gelitten... aber die Seele... was war sie denn noch wert? Sie konnte nicht mehr laufen, die Gedanken an die Zukunft verwarf sie.

Aber Emanuel ließ sich nicht von ihrer Behinderung beeinflussen, er sprach: „Konstanze, ich habe Dich als eine lebensbejahende, fleißige Frau kennengelernt, dazu noch jung und schön, bitte verzweifle nicht. Ich werde immer für dich da sein. Die besten Ärzte werden wir konsultieren, mit Geduld und meiner Liebe zu Dir wirst du wieder laufen können. Glaube fest daran, bitte."

„Emanuel, mein Traum ist zerplatzt, es lief doch alles so gut." „Aber Konstanze, es läuft auch weiterhin so gut, ich werde die Schneiderei übernehmen, wir heiraten und Du sitzt weiterhin an der Nähmaschine und organisierst alles."

Sie konnte nichts mehr sagen: „Aber,… aber,…" „Nichts, aber,…", grinste Emanuel und küsste sie zärtlich. Vieles wurde ihr nun klar und sie weinte vor Glück.

Die Hochzeit fand im Schloss Britz statt. Sie heirateten in Weiß. Konstanze war eine schöne Braut.

Übrigens schneiderte Emma das Brautkleid in ihrer Freizeit. Nachdem Emma sah, dass ihre Tante von nun an gut versorgt war, gestand sie bei der Anprobe, dass sie nun doch Berlin verlassen würde.
„Liebe Tante, das Hochzeitskleid soll mein Gesellenstück sein. Ich möchte Vater suchen und so wie Levi Strauss in Amerika Arbeitskleidung für die Goldgräber herstellen."

Mit Tränen in den Augen flüsterte Konstanze: „Meinen Segen hast Du, mein Kind und das Hochzeitskleid ist nicht Dein Gesellenstück, sondern Dein Meisterstück."
Emma verließ 1886 mit 26 Jahren Berlin in Richtung Hamburg... dazu später mehr...

Einen Brief erhielt Konstanze irgendwann im Jahr 1887:

Liebe Tante Konstanze, lieber Emanuel,

ich bin in New York heil angekommen. Jetzt bin ich in Santa Fe und hoffe Euch bei guter Gesundheit.
Die Überfahrt von Hamburg verlief recht reibungslos.
Es streikte bei dem Dampfer mit Namen Lahn öfter der Ofen. In Deiner Schneiderei passierte dies nie. Jetzt lache ich darüber. Auf hoher See war mir dann doch mulmig.

In Hamburg traf ich Johann. Er lebt seit 1880 in Hamburg, wo er kellnert. Sein Leben sah alles andere als beneidenswert aus. Er wurde von seinem Chef und sogar seiner Mutter geschlagen. Johann war der Fußabtreter der ganzen Firma und Familie. Seine Mutter wusste, dass sie ohne ihn nicht leben konnte, dennoch missachtete sie ihn. Da kam Johann die Idee, die sein Leben verändern sollte, er zog einfach auch auf nach Amerika. Ich kannte ja niemanden, das war eigentlich doch sehr gefährlich. Da kam mir Johann gerade recht. Sein Ziel war es, in Vancouver, auf jeden Fall hinter den Rocky Mountains, als Trapper zu arbeiten. Das war die perfekte Gelegenheit für mich von der Ostküste wegzukommen und endlich in den Wilden Westen zu gehen. Zusammen sahen wir uns die Einweihung der Freiheitsstatue an. Auf unserer Reise nach Santa Fe mussten wir viele Hindernisse überwinden, die so zahlreich sind, dass ich nicht alles aufschreiben kann. Wir schlossen uns einem erfahrenen Trapper an, sein Name war Big Ben. Er lehrte uns so einiges, um überleben zu können. Als Trapper lernt man sogar Indianersprachen. Aber das Wichtigste, was man als Fallensteller lernt, ist, dass die Natur das Schönste ist, was es auf der Welt gibt. Ohne die Natur wird kein Trapper und auch kein anderer Mensch leben können. Und Amerika hat sehr viel Natur. Wir sind nun in Santa Fe. Diesen Brief bringe ich jetzt zur Post. Wie es weiter geht, wird sich noch zeigen. Johann möchte gern in Richtung Vancouver, ich suche ja Vater. Im Hotel lernten wir Herrn Wyatt Earp kennen. Mit ihm möchte ich heute noch sprechen.

Seid lieb von mir gegrüßt
Eure Emma

Auf beiden Kontinenten verging die Zeit. Schauen wir zunächst nach Deutschland, bevor von Emmas Erlebnissen weiter berichtet wird.

Emanuel und Konstanze lebten bis zum Kriegsausbruch 1914 im Schloss. Emanuel starb wenig später an einer Lungenentzündung. Konstanze und ihr Söhne hatte in der Schweiz ein Zuhause gefunden.

Aus der kleinen Schneiderei wurde dank des Herrn Freiherr von Beck ein riesiges Unternehmen, das von der Schweiz aus geführt wurde. Konstanze erreichte ein hohes Alter. Wenn sie an ihre kleine Schneiderei am Potsdamer Platz dachte, schmunzelte sie.

Zur Erinnerung an ihre Mutter, zogen Sigmund und Fritz von Beck wenige Jahre später nach Berlin um das Textilunternehmen ihrer Eltern weiterzuführen. Sigmund und Fritz starben relativ früh. Eine Erbkrankheit raffte sie dahin. Da gab es noch Josefine, die Tochter von Fritz von Beck. Sie war eine schöne attraktive junge Frau im Alter von 28 Jahren.

Sie war anmutig, grazil und elegant, wie ihre Großmutter Konstanze. Das Haus, in dem sich die kleine Schneiderei befand, existierte nicht mehr. Nach dem Krieg wurde alles neu bebaut und es entstand neuer Wohnraum. Berlin war nach wie vor Anziehungspunkt und viele siedelten sich in dieser einmaligen Stadt an. Josefine konnte sich aber an Hand von alten, vergilbten Fotos ein Bild von der kleinen Schneiderei am Potsdamer Platz machen.

Konstanze war ja früher sehr stolz auf ihren kleinen Laden. Er war Treffpunkt für die einfachen Leute und die gutbetuchten Käufer. Josefine war sehr stolz eine Großmutter gehabt zu haben, die in der Kaiserzeit im Alten Berlin einen Namen hatte. Viel musste in den ersten Jahren mit der Hand genäht werden. Später dann kam die erste SINGER Nähmaschine, die schon damals sehr teuer war. Konstanze sparte damals an allen Ecken und Kanten, aber sie schaffte es. Nach und nach kamen noch zwei weitere Maschinen.

Josefine hatte nicht nur die Schönheit ihrer Oma geerbt, sondern auch ihren Ehrgeiz, ihren Stolz und ihr Durchsetzungsvermögen. Immer stolzer wurde Josefine, denn das, was sie auf den Fotos sah und aus den Briefen ihrer Großmutter erfuhr, machte sie traurig und stolz zugleich. Nicht immer gab es gute Monate in der Schneiderei ihrer Oma. Das Personal musste bezahlt werden und lieber verzichtete Konstanze auf viele Dinge, als dass sie ihr Personal vernachlässigte. Das hätte sie sich nicht leisten können.

Das Textilunternehmen ihres Vaters Fritz von Beck und ihres Onkels Sigmund sollte sie weiterführen. Sie wollte es eigentlich nicht, denn sie hatte ganz andere Vorstellungen. Da ihre Großmutter immer schon ihr Vorbild war, erlernte sie den Beruf der Schneiderin und machte ihre Meisterprüfung. Josefines Herz hing an den nostalgischen Dingen, an den Kleidern und Hüten, die damals getragen wurden, und vor allem an den kleinen Geschäften, die viel Gemütlichkeit und Wärme ausstrahlten.

Josefine veranlasste, dass das Unternehmen in andere Hände kam und machte in Berlin, am Kurfürsten Damm, ein kleines Geschäft auf. Normalerweise brauchte sie nicht zu arbeiten, denn sie war schon jetzt eine sehr reiche Frau. Sie wollte einfach ihrer geliebten Oma eine Art Denkmal setzen mit dieser Schneiderei.
Der Schriftzug über dem Eingang lautete:

Josefines und Konstanzes Nähstübchen

Dies sollte an ihre wunderbare Großmutter erinnern. Die junge Frau, wollte Kleidung nähen, die zwar modern sein sollte, aber einen Hauch von Nostalgie aus dem 19. Jahrhundert haben musste. Sie hoffte damit eine einzigartige Mode auf den Markt zu bringen.

„Frank, kannst Du mal kurz kommen?", rief Holger Breitscheid von hinten aus der Halle! Er war führende Kraft in einem Logistikunternehmen in Berlin Spandau. Die Frachtkontrolle war das Wichtigste überhaupt in dieser Firma. Die LKW's mussten richtig beladen sein und auch gut gesichert werden. Frank Schulte war mit seinen 24 Jahren erst am Anfang seines Berufslebens, da er sich schulisch weitergebildet hatte. Anfang der 1970'er Jahre wurde in großen Firmen noch nicht auf jeder Ebene mit Computern gearbeitet.

Viele Arbeitsgänge waren noch recht mühsam, gerade in solchen großen Unternehmen, zu bewerkstelligen. „Ja, rief Frank Schulte, ich komme sofort." Frank war die rechte Hand von Holger Breitscheid. Die Kollegen sagten oft, sie seien ein tolles Team.

Berlin war jetzt im Wandel der Zeit. Alles wurde moderner. Einkaufszentren wurden errichtet und die kleinen Geschäfte hatten kaum noch eine Chance zu überleben. Doch Josefine von Beck ließ sich nicht davon beeindrucken. Sie baute jetzt, gerade von ihrem Ehrgeiz angespornt, ihren kleinen Laden auf. Alles war hochmodern und auch die besten Nähmaschinen konnte sie anschaffen. Sie stellte vier Näherinnen ein. Von den Räumlichkeiten her war es auch schon ausreichend. Liselotte, Klara, Conni und Brigitte waren einfach perfekt.

Das Konzept stand und es wurden Probekleider genäht, die Josefine in ihrem kleinen Schaufenster ausstellte. So konnte sich die künftige Kundschaft schon einmal ein Bild machen. Ihre Stoffe ließ sie sich von einer ansässigen Spedition liefern. Die edlen Stoffe suchte Josefine in verschiedenen Ländern aus, die dann wiederum eine Spedition beauftragte, die Stoffe abzuholen und auszuliefern.

„Frau von Beck", rief Klara, „sind denn schon Aufträge hereingekommen?" Josefine antwortete ruhig: „Nein Klara, noch nicht, aber es wird bestimmt nicht lange dauern, denn wir haben ordentlich Werbung gemacht. Wie damals, in der Zeit ihrer Großmutter Konstanze, spielte auch vor ihrem kleinen Laden ein Leierkastenmann, die alten Berliner Lieder aus der Zeit als Zille noch lebte." „Alles hat sich geändert, nur die Leierkastenspieler werden wohl nie aussterben.", dachte Josefine.

Ja, das ist eben Berlin, was wäre diese Stadt ohne sie.

„Frank, wie weit bist Du mit den Speditionsaufträgen?", rief Holger Breitscheid. Er antwortete etwas genervt, denn mehr als arbeiten konnte er auch nicht: „Die Fracht muss noch gesichert werden, dann fahre ich selbst raus." „Dieses Mal ist es ganz in der Nähe", sagte Frank. „Okay, bis heute Abend dann, mein Freund.", murmelte Holger, während er die Halle verließ. „Ach ja, noch was ist wichtig. Denke bitte an meine Geburtstagsparty, Deine

Frau wollte doch einen Käse-Igel vorbereiten, den Du mitbringen sollst."

Josefine wartete an diesem Morgen ungeduldig auf eine Stofflieferung aus Paris. Feinste Seide hatte sie für ihre ausgefallenden Modelle gekauft. Sie stand hinter der Ladentheke und sortierte Ware ein, als die Tür aufging und die Hauseigentümerin Johanna Wirtz eintrat. Hanna war ihre Freundin. Sie gingen zusammen in die Schule und verstanden sich so gut, als wenn sie Geschwister gewesen wären.

Aufgeregt sagte Johanna: „Fine, Fine, ich kann nicht mehr, Du musst mir helfen." „Was ist denn los Hanna?", fragte sie die junge Frau, die im gleichen Alter war wie Josefine. „Es ist etwas Schlimmes geschehen. Ich war heute beim Arzt und mir wurde eine schlimme Nachricht mitgeteilt.", antwortete die verzweifelte Frau. Johanna hatte einen kleinen Jungen von drei Jahren. Der Vater hatte sie schon kurz nach der Geburt des Kindes sitzen gelassen. Unter Tränen sprach sie weiter: „Fine, man hat mir nur noch ein halbes Jahr Lebenszeit bescheinigt, da ich Blutkrebs habe, der nicht mehr heilbar ist."

„Nun mache ich mir Vorwürfe, dass ich nicht schon viel früher zum Arzt gegangen bin.", sagte Johanna mit einer weinerlichen Stimme. „Was mache ich denn nur mit dem kleinen Danny, was soll aus ihm werden?"

Johanna brach zusammen. Josefine kam sofort angerannt und half der Freundin hochzukommen.

Josefine versprach ihr: „Ich werde den kleinen Danny erst einmal vom Kindergarten abholen und zu Dir bringen." „Du, geh' bitte schon Mal nach oben in Deine Wohnung und lege Dich hin.", sprach Josefine mit einer beruhigenden Stimme.

„Was soll nur aus dem Kind werden, er braucht doch eine Mutter.", weinte Hanna. „Bitte, es wird alles gut, das verspreche ich Dir, liebe Johanna.", sagte Josefine.

Da der kleine Danny Josefine sehr gut kannte, freute er sich, als er von ihr abgeholt wurde. „Wo ist Mama?", fragte er schnell. „Deine Mama ist nur etwas müde, Danny, sie hat sich hingelegt.", antwortete die junge Frau. „Ist gut", lachte der aufgeweckte Junge und schlenderte mit Josefine nach Hause. Johanna erwartete die beiden schon und rief: „Da seid Ihr ja endlich!" Johannas Stimme war sehr schwach, man konnte es deutlich hören. Das Kind sprang freudestrahlend auf das Sofa und wollte mit seiner Mutter spielen. Doch Hanna, wie sie von Josefine genannt wurde, atmete schwer und war doch froh, als der Kleine wieder ruhig mit seinen Autos spielte. Johanna sprach: „Fine, ich spüre, dass ich immer kraftloser werde, wir müssen uns einmal über Dannys Zukunft unterhalten." „Ich weiß schon, was Du mir sagen willst, Hanna, das Thema brauchen wir gar nicht erst zu diskutieren.", sagte Josefine. „Ich werde den Jungen zu mir nehmen und ihn großziehen.", antwortete sie mit ruhiger Stimme. „Aber vorerst steht dies noch nicht zur Debatte.", meinte Fine.

Johanna konnte sich die Tränen vor dem Jungen nicht mehr verkneifen. Dieser kam angelaufen und drückte sie ganz fest.

Josefine musste wieder schnell in ihren Laden, denn sie erwartete schon ungeduldig die Stofflieferung.
Ihre Mädels hatten sich schon gut vorbereitet; mit den neuen Zeichnungen und Schnitten wollten sie zeigen, was sie konnten und ihre Chefin so nicht enttäuschen. Lotte, Klara, Gitte und Conni waren ausgebildete Schneiderinnen und auch schon auf Modenschauen angestellt. Sie waren schon ganz heiß darauf, zu zeigen, was sie konnten.

„Ich fahre dann los!", rief Frank Schulte durch die Speditionshalle der Firma Ramottke. Heute hatte der junge Mann Stoffe geladen für ein kleines Geschäft, welches erst vor kurzem eröffnet wurde. Die Inhaberin Josefine von Beck wartete schon. Sie rief schon den ganzen Vormittag an und machte Druck. Doch die Stoffe kamen erst recht spät in der Spedition an. Der LKW, der die Ballen aus Paris abholen sollte, hatte unterwegs eine Panne.

Frank fuhr los. Berlin war eine sehr moderne Stadt geworden. Viele Straßen hatten immer noch das alte Kopfsteinpflaster aus dem 19. Jahrhundert. Komischerweise konnten die Bomben aus dem zweiten Weltkrieg hier nichts ausrichten. An Josefines Nähstübchen angekommen, wurde Frank schon ungeduldig von Klara empfangen. Sie hastete zum Auto und stolperte fast in Franks Arme. Der junge Mann konnte sich das Grinsen nicht verkneifen.

„Eine attraktive Frau", dachte er. Klara war gerade 22 Jahre jung und unglaublich ehrgeizig. Sie wollte unbedingt zeigen, was sie konnte. Bei Josefine war das kein Problem, denn sie ließ die Mädels machen, was sie für richtig hielten.

Klara war die verträumtere von den vier Frauen. Sie wollte unbedingt irgendwann einmal eine Familie und Kinder haben. Aber im Moment war dies noch kein Thema. Gerne spielte sie in den Pausen auch mit Danny, der kleine Sohn von Johanna, der Hauseigentümerin und Verpächterin der kleinen Nähstube. In den drei Monaten des Ladenaufbaus hatte sie das Kind schon in ihr Herz geschlossen.

Josefine freute sich sehr über die wunderschönen Stoffe aus Paris, denn nun konnte es endlich losgehen. Tag und Nacht wurden Kleider und Röcke, aber auch Mäntel, genäht. Alle Kleidungsstücke hatten einen Hauch von Nostalgie und erinnerten an manchen Schnittpunkten und Kragenausschnitten an die Mode des 19. Jahrhunderts. Ihre Großmutter Konstanze wäre sehr stolz auf sie gewesen.

Ein paar Tage später fand sich neugierige Kundschaft ein. Sie schauten sich um und waren schnell begeistert von der Qualität der Stoffe und dem Modestiel.

Josefine stellte schnell fest, dass ihre Kundschaft gut betucht war. Das konnte ihr nur recht sein.
„Haben Sie auch Kostüme in meiner Größe?", fragte Frau Göring. „Aber sicher, ich werde einmal bei Ihnen Maßnehmen.", entgegnete Klara schnell. Die Freude ließ ihre Wangen rot leuchten.

Ruck, zuck hatte sie alle Daten der Kleidergröße.
„Ein Kostüm mit schwarzer Spitze am Kragen und diesen etwas ausgeschnitten wünschte ich mir.", sagte Frau Göring etwas schüchtern. Sie bat noch um einen lindgrünen Stoff und sehr kurzem Rock. Da die Mode zu diesem Zeitpunkt auf Mini eingestellt war und Frau Göring für ihr Alter noch eine tolle Figur hatte, konnte Josefine ihr den Wunsch nicht abschlagen. „Sie haben einen exzellenten Geschmack.", flüsterte Josefine ihr leise zu. „Vielen Dank", antwortete die 50 jährige Dame. Josefine bot ihr an, doch in einer Woche wieder zu kommen, für die Anprobe. Nochmals dankend, verabschiedete sich die Kundin.

Die Frauen machten sich sofort an die Arbeit. Es wurde gemessen, zugeschnitten und genäht was das Zeig hielt. Das Geschäft florierte und alle waren glücklich.
Das Kostüm von Frau Göring wurde ein voller Erfolg.

Im Laden klingelte das Telefon am Tage darauf.
Johanna war am Apparat. Sie brauchte dringend Hilfe und bat Josefine wieder um die Abholung des Kindes aus dem Kindergarten.

„Ich hatte einen Schwächeanfall und sehr starke Schmerzen.", klagte Hanna. „Mach' Dir bitte keine Gedanken, ich hole Danny ab und wenn Du willst, kann er bis Ladenschluss hier im Geschäft spielen.", antwortete Josefine. Hanna war einverstanden, aber es blieb leider nicht bei dem einen Mal. Immer wieder war der drei Jahre alte kleine Junge unten im Laden, schaute zu, wie genäht wurde und freundete sich hauptsächlich mit Klara an.

Josefine fuhr in ihrer freien Zeit mit ihrem Motorboot auf verschiedenen Berliner Veranstaltungen mit. Ein ausgefallenes Hobby für eine Frau, aber es machte ihr eben Spaß. Leider wird ihr eines Tages dieses Hobby Unheil bringen. Danny weinte oft in der letzten Zeit. Denn auch das Kind merkte, dass es seiner Mutter schlecht ging. Immer öfter mussten Josefine und auch Klara den kleinen wieder auffangen. Es war Anfang Dezember, als Johanna ins Krankenhaus musste. Dort versuchte man sie etwas zu stärken und ihr die Schmerzen zu nehmen. Doch die junge Frau wurde von Tag zu Tag schwächer.

„Guten Morgen, Hanna.", flüsterte Josefine von Beck ihr ins Ohr. „Oh, Fine, schön Dich zu sehen.", antwortete die totkranke Frau mit ungewöhnlich klarer und fröhlicher Stimme. „Fine, ich habe ein Testament gemacht. Es liegt in einem Wandtresor in meiner Wohnung.", sagte Johanna. „In der Handtasche, die da drüben steht, ist der Schlüssel.", flüsterte sie nun. „Du hörst Dich gut an,

Hanna.", stellte Josefine fest. Johanna sprach: „Ja, aber ich fühle, dass ich nicht mehr lange lebe, darum müssen wir schnell klare Verhältnisse schaffen."

Josefine redete mit ruhiger Stimme auf ihre Freundin ein: „Liebe Hanna, ich will nicht drängen, aber wäre es nicht besser, ich würde mich jetzt schon um die Adoption des Kindes kümmern?" Auch Hanna entgegnete ruhig: „Genau dies wollte ich Dir sowieso raten, denn ich weiß, dass ich nicht mehr lange leben werde." Josefine blieb noch etwas, bevor sie sich von der Kranken verabschiedete. Das Kind wollte sie aber vorläufig nicht mitnehmen.

Danny hatte sich schon gut in der Nähstube eingelebt. Während Hannas Krankenhausaufenthaltes, wohnte Fine in der Wohnung ihrer Freundin, um sich besser um den Dreijährigen kümmern zu können. Klara und sie wechselten sich oft ab, denn die Nähstube durfte nicht vernachlässigt werden. Die Aufträge liefen gut und die Kundschaft war begeistert von der ausgefallenden Mode, die hochelegant war.

Frank Schulte ging es an diesem Morgen nicht so gut. Er verspürte einen komischen Druck in der Magengegend. Nicht etwa, dass ihm schlecht war, nein, im Gegenteil. Jedoch die Arbeit musste erledigt werden. Wieder führte ihn der Weg zur kleinen Nähstube von Josefine Beck. Dieses Mal konnte Klara nicht die Ware entgegennehmen, da sie Danny betreuen musste.

Immer neue und schönere Kleider wurden in der kleinen Nähstube fertiggestellt. Die zahlreichen Kunden, vorwiegend reiche Herschafften, gaben eine Bestellung nach der anderen auf. Etwas enttäuscht, Klara nicht zu sehen, fuhr Frank wieder weg, nachdem er die Ware ausgeliefert hatte. Langsam wurde dem jungen Mann klar, dass dieses Gefühl, welches er hatte, keine Krankheit war, sondern ein Gefühl der Verliebtheit. Er hatte sich doch tatsächlich in Klara verguckt.

Es wurde nun Zeit, dass Josefine etwas unternahm. Der Zustand von Johanna verschlechterte sich von Tag zu Tag. Das Testament hatte Johanna gefunden und die Adoptionsunterlagen für den Jungen waren schon ausgefüllt. Mit dem schriftlichen Einverständnis von Hanna und unter diesen schlimmen Umständen, wurde es ihr leicht gemacht. Josefine ließ keine Zeit verstreichen und innerhalb von drei Wochen war die Adoption durch.

In der Nähstube ging es hoch her.
Das Weihnachtsgeschäft florierte und die Mädchen gaben sich alle Mühe um ihr Bestes zu geben.

Es fielen schon die ersten Schneeflocken vom Himmel und der Leierkastenmann spielte in der Kälte, genau wie damals, als ihre Großmutter noch lebte.
„Hallo, Frau Nolte.", rief Josefine einer Kundin zu, die gerade in ihren Laden wollte. „Wie geht es Ihnen, waren Sie krank?", rief Fine mit einem Frösteln in der Stimme, denn es war eisig kalt an diesem Morgen. „Ja, leider, ich

hatte etwas länger und unerwartet im Krankenhaus gelegen.", meinte Frau Nolte, freundlich wie immer. „Gestern wurde ich entlassen.", lachte sie. Frau Nolte runzelte die Stirn und überlegte: „Ich habe im Krankenhaus gehört, dass Ihre Freundin Johanna nun künstlich ernährt wird, weil es ihr sehr schlecht geht." Josefine, die gerade den Schnee vor dem Laden fegte, ließ sofort den Besen fallen und rannte aufgeregt in den Laden. Sie konnte aus Zeitmangel ein paar Tage nicht ins Krankenhaus fahren. Sie machte sich Vorwürfe. Nur durfte sie sich jetzt vor der Kundin nichts anmerken lassen. „Was kann ich denn für Sie tun, Frau Nolte?" Die etwas kleine und gedrungene Frau war schon Stammkundin bei Fine. Sie nähte alles selbst, sogar ihre Tischdecken und Kissenbezüge. Dazu suchte sie sich immer die schönsten Stoffe aus und ließ sich diese bei Josefine zuschneiden.

„Klara, Klara, Du musst Danny für ein paar Stunden beschäftigen, denn ich muss umgehend zu Johanna, ihr geht es schlecht.", rief sie nach hinten in den Raum, indem genäht wurde, nachdem Frau Nolte den Laden verlassen hatte. Josefine konnte kaum ein verständliches Wort herausbringen: „Bau doch mit dem Jungen einen Schneemann im Park, dann ist er erst mal abgelenkt." Leise antwortete ihr Klara, denn die Frauen konnten keine Ablenkung gebrauchen: „Klar, mach ich doch, die Zuschnitte für die Aufträge sind ja schon fertig."

Die Tür von Hannas Zimmer stand offen. Hektisch liefen Ärzte und Schwestern hin und her. Josefine stand wie versteinert da. Sie musste sich zusammennehmen. „Was ist los?", rief sie dem vorbeilaufenden Arzt hinterher. „Wer sind Sie denn, ich gebe doch nicht jedem Auskunft.", sagte der Arzt. „Mein Name ist Josefine von Beck.", antwortete sie verängstigt. Sie machte dem Arzt Dr. Storm klar, dass Johanna ihre Freundin sei, mit der sie auch zur Schule ging. Weiter erklärte sie ihm, dass sie ihren Sohn adoptiert hatte. Mit bewundernden Blicken musste Dr. Storm nun erklären, dass Johanna im Sterben lag und dass man jeden Tag mit dem Schlimmsten rechnen müsse. Josefine von Beck betrat weinend das Krankenzimmer. Es war irgendwie anders. Ja, den Tod konnte man riechen. Sie konnte ihn riechen. Den gleichen Geruch hatte sie in der Nase, als ihr Vater starb.

Johanna hatte die Augen zu. Sie befand sich in einem Dämmerschlaf, aus dem sie nicht mehr erwachte.

Sie starb an Heiligabend. An diesem Heiligabend war man traurig, aber auch gleichzeitig froh, dass sich Hanna nicht mehr quälen musste. Der kleine Danny dachte überhaupt nicht an seine Mutter, sondern spielte ausgelassen mit seinem neuen Spielzeug. Er tollte herum und freute sich seines Lebens. Den Heiligabend verbrachte Klara mit Josefine. Klaras Eltern lebten im Ausland. Damals war Klara gerade 18 Jahre alt, als Vater und Mutter sich entschieden, ein Bistro in Frankreich zu eröffnen. Seitdem lebten sie dort.

Das junge Mädchen nahm sich früh eine Wohnung und wollte sein Leben selbst in die Hand nehmen. Sie ließ sich nicht überreden mitzukommen. Der Kontakt zu ihren Eltern war dürftig. Jedenfalls hatte sich der kleine Danny an beide Frauen gewöhnt. Er sah Josefine als seine Mama an und sagte auch oft zu Klara Mama. Ändern wollte die beiden Frauen das nicht.

Es wurde Frühling. Die neuesten Modevarianten wurden ausprobiert und zurechtgeschnitten. Es wurde genäht und immer ein Hauch von Nostalgie in die Kleidung gebracht. Die Frauenwelt war begeistert und sie rissen Josefine quasi die Klamotten aus der Hand.

Frank Schulte hatte es sich zur Aufgabe gemacht, die kleine Nähstube jedes Mal selbst zu beliefern, wenn die Stoffe ankamen. Auch an diesem warmen Frühlingstag, war der LKW fast voll mit Stoffballen und Nähutensilien, sowie Ankleidepuppen für das Schaufenster. Da der Lastwagen schon ein gewisses Alter auf dem Buckel hatte, konnten die Mädchen im Laden hören, wenn er kam.

„Frank ist da!", rief Klara euphorisch. Sie rannte heraus und lief ihm lachend entgegen. „Hallo, Klara.", grinste der junge Mann. Franks und Klaras Augen trafen sich und sie sahen sich minutenlang an. „Was ist denn los da draußen?", rief Josefine ungehalten. Sie wartete schon ungeduldig auf die Ware, denn es lagen schon wieder neue Aufträge vor. „Ja, ja, ich mach' schon.", antwortete der verliebte Fahrer. Frank fuhr wieder zurück und schaute noch mal in den Rückspiegel, um eventuell noch etwas von Klara sehen zu können.

„Na, Klara, bist wohl verknallt oder?", fragte vorsichtig eine Kundin nach, die alles aus dem Laden heraus beobachten konnte. „Ja, bin ich wohl, Frau Behrens, bin ich.", lachte die junge Frau.

Josefine war schon ganz aufgeregt. Sie hatte Klara beauftragt, auf Danny aufzupassen, denn es stand wieder mal eine Motorboot-Regatta auf dem großen Wannsee an. Sie hatte eine Einladung bekommen von einer Cousine aus Belgien. Ihr Onkel Sigmund zog damals mit seiner Familie nach Belgien um dort einen Weinberg zu übernehmen und ist für immer geblieben. Rosa ist zwei Jahre jünger als Josefine.

Außer hin und wieder einer Postkarte, hatte sie kaum Kontakt zu ihr. Sie hatten aber eine gemeinsame Leidenschaft. Diese Leidenschaft bezog sich auf den Motorboot-Sport. Am Tage der Veranstaltung war Fine über alle Maßen aufgeregt. Sie vergaß alles um sich herum. Rosa hatte viel Ähnlichkeit mit ihr, nur die Haare waren Blond statt Braun, wie bei Josefine. Aber was spielte das für eine Rolle. Der Menschenauflauf am Großen Wannsee war an diesem Sonntag enorm. Es war Mai und schon recht warm. Alle Sitz- und

Stehplätze waren belegt und alle fieberten dem Start entgegen.

Seit 10 Jahren betreibt Josefine den, nicht gerade ungefährlichen, Sport. Dazu musste sie einen Sportboot-Führerschein machen und brauchte auch eine Lizenz. Sie hatte damals von ihrem Vater einen Außenborder bekommen in Rot, ihre Lieblingsfarbe. Das Boot war offen und für Rundstreckenrennen ausgelegt, der sogenannten Formel 125. Zwei Mal hatte sie dem Tod in die Augen sehen müssen bei diesem Sport. Anfangs konnte Josefine mit der Schnelligkeit des Bootes nicht umgehen. Sie überschlug sich ein paar Mal und fiel ins Koma, aber man holte sie zurück.

„Wo ist Mama?", rief Danny Klara zu, die gerade in der kleinen Küche für den Jungen ein Essen zubereitete. „Mama kommt heute Abend wieder mein Schatz, sie muss noch arbeiten.", antwortete Klara. „Kannst Du denn nicht meine Mama sein, Klara?", fragte er, in einer noch unvollständigen Sprache mit Berliner Dialekt. Es war herzzerreißend und gleichzeitig lustig.

„Aber Danny, natürlich kann ich Deine Mama sein, aber Du hast sogar zwei Mamas, das ist noch schöner.", meinte Klara mit einem fröhlichen Gesicht. „Du und Mama." „Ja, Danny.", lachte die junge Frau und nahm den Kleinen auf den Arm.

Die Woche begann hektisch. Viele Änderungen mussten in der kleinen Nähstube vorgenommen werden.

Die Kunden belagerten förmlich den Laden. Es wurde zugeschnitten, anprobiert, getrennt und wieder vernäht. Das Geschäft florierte ordentlich. „Hallo, Josefine!", rief eine piepsige Stimme. Rosa, ihre Cousine, war wieder in Berlin. Sie wollte Josefine einen kleinen Besuch abstatten. „Ich glaube, diese Stadt könnte mir sehr gefallen, denn Berlin hat eine Seele.", sprach sie leise. „Ach Rosa, komm' doch einmal mit nach hinten, ich will dir die Nähmaschinen und den Arbeitsbereich der Mädchen zeigen.", sagte Fine.

Rosa ging mit und war begeistert. „Es sieht ja aus wie in einer Puppenstube. Die bunten Stoffe und die Ankleidebüsten sind ein ganz besonderer Blickfang." Josefine erklärte ihr, dass sie nur die edelsten Stoffe für ihre Kundschaft bereitstellen würde. „Aber der Grund, warum ich gekommen bin, ist folgender.", sagte Rosa. Sie erklärte Josefine, dass in acht Wochen wieder ein Rennen auf dem Großen Wannsee stattfindet und ob ihre Cousine denn Lust hätte, mit ihr daran teilzunehmen. „Da fragst Du noch, Rosa, natürlich habe ich Lust.", lachte Fine. „Ich muss nur bis dahin mein Boot wieder flott bekommen, da stimmte schon beim letzten Rennen etwas mit dem Vergaser nicht.", meinte Josefine.

Rosa meinte, dass es doch für Fine kein Thema sei, diesen Schaden zu beheben. Freudestrahlend verabschiedeten sich die beiden Frauen und blieben bis dahin telefonisch in Kontakt. Fine dachte: „Komisch, ich verstehe nicht, warum ich nicht viel eher mit Rosa zusammengekommen bin."

Das Telefon klingelte in der Nähstube. Frank Schulte war am Apparat. Es wollte Klara sprechen. Aufgeregt und verliebt ging sie ans Telefon. „Hoffentlich merkt man mir nichts an.", dachte sie. Frank fragte sie, ob sie Lust hätte, mit dem kleinen Danny auf einen Sparziergang im Grunewald mit anschließendem Eis essen. Klara zögerte noch etwas, stimmte dann aber zu und der Kleine freute sich riesig.

Der Termin für das Rennen rückte immer näher und Josefine musste noch viel an ihrem Rennboot in Ordnung bringen. Sie besaß in Berlin ein altes Herrenhaus, welches sie von ihrem Vater geerbt hatte. Dem angeschlossen waren mehrere Stallungen. Früher züchteten ihre Eltern einmal Pferde. Heute hatte Josefine diese Ställe umfunktioniert und reparierte ihr Boot und soweit sie es konnte auch ihren Privatwagen.

Der Vergaser ihres Bootes war völlig verschmutzt. Mühevoll reinigte sie ihn in einem Ultraschallbad mit entsprechenden Lösungsmitteln. Ungefährlich war die Angelegenheit für eine Frau nicht gerade. Man sah es Josefine nicht an, aber sie war zäh wie Leder. Es war nicht das erste Mal, dass der Vergaser Probleme machte und sie hoffte mit der Reinigung, dass Problem gelöst zu haben. Josefine war so dreckig, man hätte sie fast nicht wiedererkannt.

„Hallo, Fine!", rief eine freundliche Stimme hinter ihr. „Ach, Klara, wo kommst Du denn her?", antwortete Josefine überrascht. „Frank und Danny sind auch hier, sie sitzen im Auto.", sagte Klara fröhlich. „Ich wollte nur Bescheid sagen, dass wir mit dem Kleinen zum Grunewald fahren.", sagte Klara. „Ich hoffe, Du bist damit einverstanden.", lachte Klara.

Natürlich war Josefine damit einverstanden. Eigentlich konnte sie nur froh sein, dass ihr Kind auch zu Klara einen guten Kontakt aufgebaut hatte. Klara konnte die kleine Nähstube ruhig für ein paar Stunden verlassen, denn sie hatte gute Vorarbeit geleistet. Außerdem hatte sie verständnisvolle Kolleginnen. Obwohl Josefine da sehr streng war, denn der Laden musste laufen. Ausfälle konnte sie sich nicht erlauben. Dabei dachte sie ausschließlich an die Mädchen, die hart arbeiteten in der Nähstube.

„Alles klar, Klara, ich wünsche Euch noch einen schönen Tag, haut schon ab.", lachte sie. Kurz darauf fuhr Josefine in den Laden zurück. Der Vergaser war gereinigt und sie konnte das bevorstehende Rennen kaum erwarten. Klara, Frank und Danny hatten einen wunderbaren Tag. Sie gingen anschließend noch zum Eis essen. Dabei unterhielten sie sich über ihre Zukunft. „Weißt Du, Klara, ich muss Dir gestehen, dass ich mich in Dich verliebt habe.", sagte Frank mit einem hochroten Kopf.

„Ich finde Dich ja sehr sympathisch, aber der Funke ist leider bei mir noch nicht übergesprungen.", antwortete Klara. „Ich werde auf Dich warten.", sagte Frank etwas niedergeschlagen. „Klara, willst Du Frank heiraten?", quietschte Danny fröhlich. Sie mussten beide lachen und schauten sich dabei tief in die Augen. Klara wollte es noch nicht zugeben, aber sie musste sich jetzt doch eingestehen, dass auch sie Gefühle für Frank hatte.

Frank Schulte ließ nicht locker. Mindestens einmal in pro Tag, bevor er mit seinem klapprigen Renault 4 in die Spedition fuhr, kam er in die kleine Nähstube und wollte Klara sehen. Einmal kaufte er nur ein paar Maschinennadeln oder Garn, nur um mit der jungen Frau ins Gespräch zu kommen. Irgendwie tat Frank Klara Leid. Diese Ausdauer und Geduld imponierte ihr. Zudem empfand sie sein Äußeres als sehr attraktiv. „Komisch, dass mir das vorher nicht aufgefallen ist. Oder kommt es nur daher, dass ich so verliebt bin?", überlegte sie.

„Frank, hast Du Lust mit mir heute Abend essen zu gehen?", fragte sie den verdutzten jungen Mann, der sehr überrascht von ihrer Direktheit war.

„Aber ja, da fragst Du noch Klara.", sagte er. Frank holte sie am Abend ab. Klara hatte eine kleine Zweizimmer Hinterhof Wohnung in einem Haus, welches tatsächlich noch zwischen dem 18 und 19. Jahrhundert erbaut wurde. Durch eine gründliche Außensanierung sah es aus wie neu gebaut. Klara hatte ihr schönstes Kleid angezogen. Ganz in schwarz, nur mit einer weißen Ansteck-Rose.

Klara war eine adrette junge Frau. Keine Schönheit, aber sie hatte etwas Anziehendes in ihrer Ausstrahlung. Frank war begeistert als er sie sah, denn ihre Figur war einfach toll.

Josefine fieberte dem Rennen ungeduldig entgegen. Rosa nervte sie auch fast jeden Tag mit Anrufen. „Fine, bitte schau' an Deinem Rennboot alles richtig nach, damit nichts passieren kann, ein wenig Angst habe ich schon.", sagte Rosa. „Aber Cousinchen, denke so etwas gar nicht erst." Tatsächlich hatte Josefine alles gründlich nachgesehen und fertig gemacht. So glaubte sie, ein sicheres Rennboot für die kommende Regatta zu haben.

Das Berlin in den siebziger Jahren im 20. Jahrhundert war nicht mehr vergleichbar mit dem Berlin im 19. Jahrhundert, als Konstanze noch lebte.

Der Straßenverkehr hatte erheblich zugenommen. Die Mode ist bunt und natürlich können bei den Damen die Röcke nicht kurz genug sein. Die Beatles und andere Gruppen machten die Radiosender unsicher und die Jugend verrückt.

Tragbare Radios, Kassettenrecorder und sogar Plattenspieler mit Batteriebetrieb wurden überall mit hingenommen. Nur in der kleinen Nähstube von Josefine, schien die Zeit stehengeblieben zu sein. Der nostalgisch eingerichtete Laden, erinnerte immer wieder daran, als Konstanze, Josefines Großmutter, in Berlin eine Persönlichkeit war. Fine, so nannte man die junge Frau oft, hatte ihre Großmutter vergöttert.

Sie tat alles um die Erinnerung an sie aufrecht zu erhalten. "Guten Tag, die Damen.", ertönte eine freundliche Stimme. Eine ältere Dame, die gerade den Laden betrat, fragte nach, ob ihr neues Kostüm schon fertig sei. "Ja, Frau Breilmann, es ist gerade fertig geworden.", antwortete Klara von hinten aus dem Arbeitsraum. Die ältere Dame probierte es an und musste zu ihrem Entsetzen feststellen, dass sie wieder zugenommen hatte. Doch dies war kein Grund für das Team alles fallen zu lassen. Im Gegenteil, auch in solchen Situationen mussten sie die Ruhe bewahren und mit Freundlichkeit die Situation entschärfen.

Am Tage des Rennens holte Rosa Josefine ab. Die Boote standen schon alle am Wannsee. Beide Frauen waren ausgelassen und freuten sich auf die Regatta. Im Cabrio von Rosa sangen sie zu der neuesten Musik und alberten herum. Es war alles voller Leute, die um den See verteilt saßen und gespannt auf den Start warteten. Die Rennboote wurden noch mal gründlich auf Fehler untersucht.

„Mensch Rosa, ich bin so aufgeregt.", sagte Fine. „Wenn ich das Rennen wenigstens halbwegs gut überstanden habe, werde ich morgen mein Testament ändern und Klara mit dem Jungen als alleinige Erben meines Vermögens einsetzen.", meinte Josefine. „Anschließend gibt es ein schönes Essen für meine Angestellten und für Dich Rosa.", lachte die junge Frau.

Der Start rückte immer näher. Die Fahne wurde hochgehalten. Und los! Die bunte Flagge ging nach unten. Schneller und immer schneller flitzten die Boote, nein sie schwebten über dem Wasser. Sie berührten kaum die Oberfläche.

Josefine bekam plötzlich richtig Angst, denn sie konnte das Tempo des Bootes nicht mehr regeln. Sie hatte es nicht mehr unter Kontrolle. Panisch hielt sie sich am Ruder fest. In dieser ausweglosen Situation glaubte sie immer noch, dass sich alles zum Guten wendet, doch Josefine irrte sich. ... ...

Frank Schulte und Klara Lindemann trafen sich immer öfter und jedes Mal war der kleine Danny dabei. Aber die beiden hatten trotzdem immer riesigen Spaß zusammen.

Den Kleinen hatten sie längst in ihre Herzen geschlossen. Klara hatte schon seit einigen Stunden ein unangenehmes Gefühl in der Magengegend. Dies bekam sie immer, wenn ein negatives Ereignis bevorstand.

Das Boot geriet währenddessen völlig außer Kontrolle. Josefine schaffte es nicht mehr. Alles ging furchtbar schnell. Kaum jemand hatte mit dem gerechnet, was nun geschah. Rosa fuhr mit ihrem Boot in einem sicheren Abstand zu Josefine. Gegen ihren Willen musste sie mit ansehen, wie Fine verunglückte. Der Außenborder überschlug sich plötzlich in unglaublicher Geschwindigkeit mehrmals hintereinander. Der Motor fing Feuer und eine riesige Explosion schleuderte Josefine aus dem Boot oder aus dem, was noch von ihm übrig blieb.

In Windeseile war die Rettungsmannschaft an Ort und Stelle. Sie holten Josefine aus dem Wasser. Mit schwersten Verbrennungen und Knochenbrüchen wurde sie ins nahegelegene Krankenhaus geflogen. Die Bootsregatta musste abgebrochen werden. Rosa fuhr so schnell wie möglich ins Krankenhaus. Sie informierte alle Mädchen und vor allem Klara. Sie war wie eine Schwester für Josefine. Auch Danny hatte viel Liebe und Zuneigung für Klara entwickelt. Das Telefon klingelte. Klara war gerade dabei, für Danny Essen vorzubereiten. Immer wenn Fine unterwegs war, erklärte sie sich bereit, auf das Kind aufzupassen. „Klara, hier ist Rosa.", rief eine aufgeregte Stimme durch

das Telefon. „Ja, was ist denn, sag' schon Rosa.",
antwortete Klara. „Ich weiß nicht, wie ich es Dir sagen
soll, Klara.", erwiderte Rosa. Rosa versuchte Klara
begreiflich zu machen, dass Josefine schwer verunglückt
ist. Sie erklärte ihr wie es dazu kam und in welchem
Krankenhaus sie liegt. „Bitte Klara, kannst Du den
anderen Bescheid sagen?", sagte Rosa und weinte heftig.

Danny wurde weiterhin von Klara oder den Mädchen
liebevoll betreut. Das Kind wusste von nichts und man
wollte ihm auch nichts sagen. Später, wenn er erwachsen
ist, wird er vielleicht verstehen wie alles
zusammenhängt, dachte sich Klara. Auch Klaras
Verlobter Frank Schulte kümmerte sich so oft er konnte
um den Jungen, als wenn es sein eigener Sohn wäre.
Sie gingen spazieren, fuhren mit der Eisenbahn durch
Berlin oder gingen in den Zoo. Auch ihn verband sehr
viel mit dem Kleinen.

Von Tag zu Tag ging es Josefine schlechter.
Ihre Verbrennungen und Brüche, waren zu
schwerwiegend. Die Ärzte konnten ihr leider nicht
mehr helfen. Man rechnete täglich mit dem Tod.
Der zuständige Stationsarzt konnte nicht fassen, dass
eine so junge Frau schon sterben musste. „Nun, sie war
sich wohl nicht über die Gefahren im Klaren, die dieser
Sport mit sich bringt.", dachte Dr. Wasner. Noch bevor
Klara ihre Freundin im Krankenhaus besuchen konnte,
verstarb Josefine an ihren schlimmen Verletzungen.
Gut, dass sich die beiden schon vor ein paar Wochen

ausgesprochen hatten. Es wurde besprochen, was geschehen sollte, wenn Josefine frühzeitig sterben sollte. Der grausame Tod von Fine, machte alle sehr nachdenklich.

Die kleine Nähstube musste weiterhin tolle Mode kreieren und Modelle nähen. Kurz gesagt, das Leben musste einfach weitergehen, so oder so. Danny durfte nichts merken von all den Sorgen. Er war ein neugieriger und wissbegieriger Junge, der sein kleines Köpfchen mit schönen Dingen voll hatte. Klara und ihr Verlobter mussten nun sehr schnell handeln. Da sie in den nächsten Wochen sowieso heiraten wollten, überlegten sie nicht lange und bestellten das Aufgebot. Dank der Hilfe von Rosa, konnte eine Adoption beschleunigt werden. Rosa hatte eine Freundin im Jugendamt, die den Fall bearbeitete. Das Amt stellte fest, dass nicht nur Klara, sondern auch Frank und all die anderen das Kind auffingen.

Die standesamtliche Trauung fand schnell statt. Danny streute Blumen und war guter Dinge. Klara übernahm kurze Zeit später die Nähstube und die Angestellten. Josefine hatte Klara ihr gesamtes Vermögen vererbt.

Das schöne alte Herrenhaus von Josefine war riesig. Die junge Frau, Frank und der kleine Danny waren nun eine Familie. Sie zogen in das Herrenhaus, es wurden auch wieder Pferde angeschafft und Danny lernte schnell reiten. Er war ein guter Schüler und ein rundherum glückliches Kind. Noch wusste er nichts von dem Schicksal seiner richtigen Mama und von seiner Adoptiv-Mutter. Irgendwann würde Klara ihm alles sagen, aber jetzt sollte er erst einmal seine Kindheit genießen.

Danny bekam noch ein Schwesterchen. Sie nannten die Kleine, sie hatte lange schwarze Haare, Konstanze. ENDE

Kommen wir nun zurück zu Emma. Nachdem sie im Jahr 1886 Berlin verließ, reiste sie nach Hamburg. Von Hamburg aus sollte es mit dem Schnelldampfer LAHN nach New York gehen.

Ein Jahr musste Emma allerdings noch warten, bis der Schnelldampfer einsatzbereit war. Kabinen der dritten Klasse der Lahn zeigten zwar, wie sich die Unterbringung, sowie die Hygiene- und Ernährungsbedingungen, zwischen Mitte des 19. und Anfang des 20. Jahrhunderts verbessert haben, doch wer schließlich die Neue Welt erreichen wollte, war noch nicht wirklich angekommen. Der Dritte-Klasse-Passagier mussten erst einmal in Ellis Island aufwendige und zum Teil entwürdigende Formalitäten über sich ergehen lassen. Das schloss intensive medizinische Untersuchungen mit ein und gipfelte in einer peinlich genauen Befragung durch einen Einwanderungsbeamten. Richtig froh war Emma dann, dass sie sich die erste Klasse leisten konnte. Konstanze und Emanuel gaben ihr ein gutes Startkapital mit auf die Reise.

Das Jahr verbrachte Emma damit, bei einer Schneiderei erste Erfahrungen zu sammeln, wie Jeans hergestellt wurden. Aus Genua kamen in Hamburg große Ladungen an Hosen an, die nach Amerika verschifft wurden. Viele Hosen hatten Fehler, andere wiederum sollten passend verändert werden. Das waren Jeans der bessergestellten New Yorker. Emma erarbeitete sich so ein gutes Grundwissen.

Ihre Freizeit verbrachte sie mit Johann, den sie in Hamburg kennenlernte. Aber an mehr als eine Freundschaft dachte Emma nie.

Die Überfahrt nach New York dauerte 8 Tage. Hin und wieder hatte der Schnelldampfer Druckprobleme. In New York angekommen, quartierten sich Emma und Johann in einer Pension ein. Es war so ganz anders als in Deutschland. Seit 1825 ist die Stadt, durch die Lage am Atlantischen Ozean und den Wasserwegen des Hudson River ins Inland, der Anlaufpunkt für Einwanderer aus der ganzen Welt. Hier musste auch Emmas Vater Robert angekommen sein, um dann in den Wilden Westen zu reisen. Obwohl die Einwohnerzahle zu dem Zeitpunkt von Berlin und New York fast gleich waren, etwa 2 Millionen, empfand Emma New York doch als sehr hektisch. Viel gesitteter ging es da doch in ihrer Heimatstadt Berlin zu.

An einem herrlichen Sonnentag besuchten Emma und Johann die Freiheitsstatue. Sie steht auf Liberty Island im New Yorker Hafen, wurde am 28. Oktober 1886 eingeweiht und ist ein Geschenk des französischen Volkes an die Vereinigten Staaten. Die Statue stellt die in Roben gehüllte Figur der Libertas, der römischen Göttin der Freiheit, dar. Die auf einem massiven Sockel stehende Figur aus einer Kupferhülle auf einem Stahlgerüst reckt mit der rechten Hand eine vergoldete Fackel hoch und hält in der linken Hand eine Tabula ansata, also eine Inschriftentafel, mit dem Datum der amerikanischen

Unabhängigkeitserklärung. Zu ihren Füßen liegt eine zerbrochene Kette. Die Statue gilt als Symbol der Freiheit und ist eines der bekanntesten Symbole der Vereinigten Staaten. Mit einer Figurhöhe von 46,05 Metern und einer Gesamthöhe von 92,99 Metern gehörte sie seinerzeit zu den höchsten Statuen der Welt.

Es kam die Zeit des Abschieds von New York.
Den Termin legte Trapper Big Ben fest. Er führte etwa 25 Auswanderer an, um sie so sicher wie möglich von New York über Louisville und Oklahoma City nach Albuquerque zu führen. Mit den Planwagen dauerte die Strecke von 3500 km über zwei Monate. Mit Indianern hatten sie es weniger zu tun, mehr mit Radreparaturen und Krankheiten. Zwei Auswanderer starben leider, trotz

Warnungen von Big Ben entfernten sie sich vom Treck und wurden von Schlangen gebissen. Emma und Johann kamen gesund in Albuquerque an. Außerdem lernten beide viel von dem erfahrenen Trapper.

Von nun an trennten sich die Wege von Emma und Johann. Johann möchte in Nord-westliche Richtung weiterziehen, nach Vancouver. Emma hatte einen letzten Brief von ihrem Vater aus Santa Fe erhalten, indem er schrieb, dass er nach großartigen Goldfunden nun in südlicher Richtung unterwegs sei.

Aus Freundschaft und Beschützerinstinkt nahm Johann den Umweg von 129 Kilometern gern in Kauf und begleitete Emma nach Santa Fe. Santa Fe war eine wichtige Handelsroute mit dem Osten Amerikas. Nun sollte auch in westlicher Richtung eine Eisenbahnstrecke gebaut werden. Grundstücke waren sehr begehrt. Im Hotel lernte Emma Herrn Wyatt Earp kennen. Dies schrieb Emma ihrer Tante Konstanze noch. Nun wusste Johann, dass Emma bei Herrn Earp in guten Händen war und schloss sich einem Treck nach Vancouver an.

Mit Herrn Earp besprach Emma ihren Plan, ihren Vater finden zu wollen und eine Schneiderei zu eröffnen. „Nun, Miss Emma, die Goldfunde haben in San Francisco nachgelassen. Wenn Ihnen Ihr Vater schreibt, dass es ihn in den Süden zieht, dann könnte es sich um San Diego handeln. Ich komme aus San Diego, bin seit 1886 dort beheimatet." Beindruckt schaute Emma immer auf den recht tief sitzenden Revolver von Herrn Earp. „Aber ich habe noch gute Kontakte nach San Francisco zu meinen Brüdern Virgil und Warren Earp. Sie könnten bei den Mienenbetreibern nachfragen, ob..." Emma unterbrach Herrn Earp: „Sind Sie es wirklich? Sind Sie Wyatt Earp, der berühmte Revolverheld? Das darf doch nicht wahr sein? Ich weiß alles über Sie. Zumindest das, was in der Berliner Morgenzeitung über Sie berichtet wurde. Wyatt

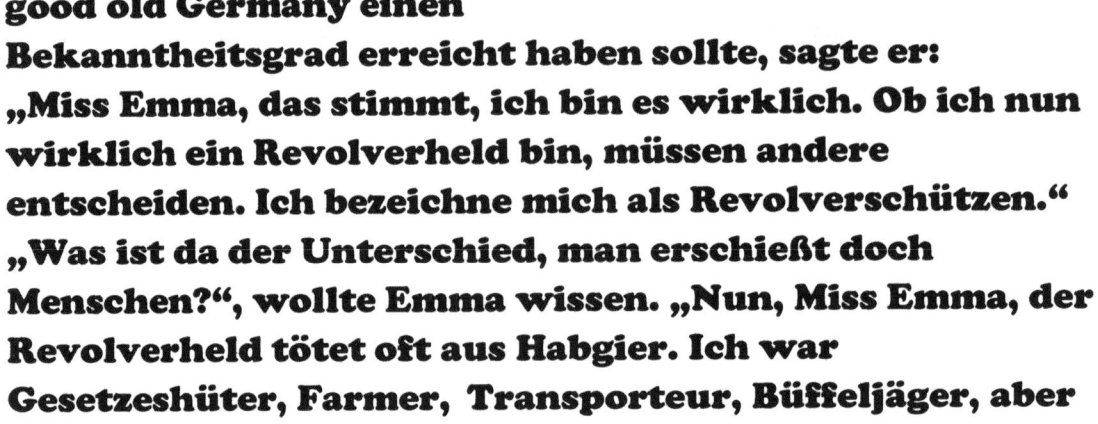

Berry Stapp Earp, geboren am 19. März 1848 in Monmouth, Illinois. Berühmt ist Ihre Schießerei am O. K. Corral zusammen mit Doc Holliday und Ihren beiden Brüdern Virgil und Morgan Earp. Ich fasse es ja nicht, ich spreche mit Wyatt Earp!"

Erstaunt davon, dass er in good old Germany einen Bekanntheitsgrad erreicht haben sollte, sagte er: „Miss Emma, das stimmt, ich bin es wirklich. Ob ich nun wirklich ein Revolverheld bin, müssen andere entscheiden. Ich bezeichne mich als Revolverschützen." „Was ist da der Unterschied, man erschießt doch Menschen?", wollte Emma wissen. „Nun, Miss Emma, der Revolverheld tötet oft aus Habgier. Ich war Gesetzeshüter, Farmer, Transporteur, Büffeljäger, aber auch Saloonbesitzer. Ich habe mich oft wehren müssen, als Marshal musste ich Verhaftungen vornehmen. Ganz ehrlich, ich habe nie zuerst den Colt gezogen und geschossen. Es gab immer Gründe. Ich war ganz einfach schneller und konnte gut zielen. Also Revolverschütze wäre wohl besser angebracht." Dem konnte Emma nichts entgegenargumentieren. Im Gegenteil, nun war sie noch mehr von Wyatt Earp begeistert.

„Mein Vorschlag ist, Miss Emma, dass ich meine Geschäfte hier erledige und Sie mich dann nach San Diego begleiten. Dort verpachte ich Ihnen gern einen meiner Geschäftsräume für Ihr Schneidereigeschäft.", schlug Wyatt Earp vor. Emma willigte sehr erfreut ein.

Wyatt Earp zog 1886 mit seiner Frau Josephine nach San Diego. Beide waren sehr geschäftstüchtig. Den Earps gehörten mehrere Geschäftslokale. Auch spekulierte Earp gern mit Grundstücken. Zwar wurde Earp bekannt, auch in Berlin, durch seinen schnellen Colt, aber er war vielseitig interessiert und arbeitete professionell in allen Berufen. In Santa Fe interessierte er sich für zwei Ladenlokale. Schon lange beobachtete Earp die wirtschaftliche Lage in Santa Fe. Gerade der Santa Fe Trail ist eine historische Handelsroute in den Vereinigten Staaten. Earp traf sich mit den Verkäufern der Ladenlokale, sie wurden sich einig.

Nun organisierte er die Rückfahrt mit der Eisenbahn nach San Diego. In der Zwischenzeit arbeitete Emma wieder in einer Schneiderei. Hier lernte sie den Umgang mit Nieten. Die Idee, die Nähte von Hosen mit Nieten zu verstärken, hatte der Schneider Jacob Davis. Da er nicht das Geld hatte, um ein Patent anzumelden, wandte er sich an Levi Strauss. 1872 wurden zum ersten Mal die Ecken der Hosentaschen mit Nieten verstärkt. Patentiert wurde die Hose am 20. Mai 1873. Inhaber des Patents waren Strauss und Davis gemeinsam. Später wurde das braune Segeltuch durch den mit Indigo gefärbten blauen Baumwollstoff Denim abgelöst und die Jeans mit orangefarbenen Nähten und Nieten verstärkt und verziert. Schon früh wurde von der ursprünglichen Leinenwandbindung auf die stabilere Köperbindung gewechselt, was als Standard für die meisten Denimstoffe zum Einsatz kommt. Emma war nun gut gerüstet für einen Start in die Selbstständigkeit. Und da war ja auch noch die Suche nach ihrem Vater Robert.

An einem Mittwoch stiegen Wyatt Earp und Emma in den Zug nach San Diego. „Für die 1400 Kilometer werden wir wohl 2 bis 3 Tage brauchen. Irgendwo vor Phoenix sollen Schienen beschädigt worden sein. Wir werden uns noch um die Verpflegung kümmern müssen.", sagte Earp. „Das habe ich schon. Ich hoffe Sie mögen die Berliner Küche. Vor allem habe ich jede Menge Buletten gebraten." „Buletten? Das hört sich spannend an. Wachsen die in good old Germany?"
Beide lachten… der Zug fuhr los.

Die Reise verlief gut und friedlich. Bis kurz vor
New River, der Ort wurde 1868 durch Darrell Duppa
als Kutschenstation gegründet, der Zug plötzlich stoppte.
„Hier hält der Zug nie, Miss Emma. Ich gebe Ihnen diesen
kleinen Deringer zur Selbstverteidigung. Hier am Hahn
ziehen, zielen und abdrücken. Man kann nie wissen.",
flüsterte Earp. „Der ist ja niedlich.", so Emma.
„Ja, aber höchst gefährlich. Mit einem solchen Deringer
erschoss John Wilkes Booth am 14. April 1865 den US-
amerikanischen Präsidenten Abraham Lincoln. Ich war
damals Postkutschenfahrer und kam in Kontakt mit
Alkohol. Mir ist danach so übel gewesen, dass ich nie
mehr einen Tropfen trank. Wäre ich Marshal gewesen,
könnte Lincoln vielleicht noch leben."

Plötzlich stürmten vier maskierte Männer mit gezogenem
Colt den Waggon. „Hands up!", brüllte einer von ihnen.
Der Andere: „Ich sammele nun alle Wertgegenstände und
Waffen ein. Bleibt ruhig, sonst gibt es Tote!"

Eine Frau im vorderen Abteil schrie panisch... ein Schuss
fiel...
„Bleib ruhig, Emma", flüsterte Earp. Da die Gangster ihre
Waffen gezogen haben und geladen in der Hand hielten,
gab es für Wyatt Earp keine Möglichkeit sich
ordnungsgemäß vorzustellen. Er beobachtete die
Situation und wartete ab.
Die Banditen kamen näher, standen im Mittelgang,
zielten auf die Passagiere und sammelten mit der anderen
Hand die Wertsachen ein. Die Wertsachen und Waffen

steckten sie in an sich umhängende Postsäcke. Die Säcke füllten sich. Das könnte eine Chance sein, denn die Säcke könnten beim Schießen auf Earp hinderlich sein...
Earp wartete ab. Emma saß auf dem Fensterplatz.

Die Banditen kamen langsam näher. Noch 8 Meter... noch 7 Meter... 5 Meter... sie waren nah genug...
Wyatt Earp sprang auf, zog seinen Revolver, spannte ihn mit dem Daumen dabei und schoss das ganze Magazin leer. Die Banditen fielen zu Boden.
Earp ging zum nächsten Waggon, um zu sehen, was noch alles im Argen lag. Einer der Banditen richtete sich auf und zielte auf Earp, er spannte den Hahn. Er würde Earp in den Rücken schießen.

Geistesgegenwärtig zielte Emma mit der Deringer auf den Schurken und drückte ab. Der sackte leblos zusammen. Earp drehte sich um, sah die Situation und zeigte Emma das Victory-Zeichen. Earp lud seinen Revolver und ging durch jeden Waggon. Ausgeraubte und verletzte Reisende fand er vor. An der Lokomotive angekommen zog er seinen Revolver und schlich sich an. Emma folgte ihm. Der Lokomotivführer wurde erschossen. „Was machen wir nun?", fragte Emma. „Nun, wir fahren weiter.", sagte Earp. „Und wie?" „Ich habe in so vielen Berufen gearbeitet, ich war sogar Lokomotivheizer in ganz jungen Jahren." „Ich bewundere Sie, Wyatt Earp, mein Revolverschütze."

„Wenn ich mich noch recht erinnere, dann besteht eine Dampflokomotive immer aus einem Wagen mit einer Dampfmaschine. Im Brennraum wird Kohle verbrannt, diese heizt das Wasser im Kessel auf und dadurch entsteht Dampf. Der Wasserdampf wird zum Zylinder geleitet, wo er auf einen Kolben drückt und ihn bewegt. Dadurch wird die Dampflokomotive in Bewegung gesetzt. Das funktioniert im Wilden Westen genauso wie in Berlin." Beide lachten nun wieder. Wyatt schaufelte Kohlen in den Brennraum, dann stellte er den Hebel auf Vortrieb... die Eisenbahn bewegte sich und gewann schnell an Fahrt. ... ...

Während der Fahrt hatten sich Earp und Emma viel zu erzählen. Earp erzählte aus seiner Zeit als Marshal und Emma erzählte aus dem alten Berlin, von ihrer Tante Konstanze, den herrlichen Kleidern und den ersten aufkommenden Automobilen. „Automobil, was bedeutet das?", fragte Earp. „Das ist eine Kutsche ohne Pferd, ein

Selbstläufer sozusagen, das nennt man Automobil. Durch Berlin fuhr schon eines, es war ein Benz, ein sogenannter Benz Patent-Motorwagens, Typ 1." Und die Zeit verflog während der Fahrt.

San Diego wurde erreicht. Der Bahnhofvorsteher wunderte sich, dass der berühmte Wyatt Earp den Zug steuerte.
Nachdem der Sheriff von San Diego in die Erlebnisse eingeweiht wurde, machte Earp seine Frau und Emma miteinander bekannt. „Josephine, darf ich Dir Miss Emma vorstellen. Sie hat mir tatsächlich das Leben gerettet."

Auf dem Weg zum Haus der Earps wurden sie von Bürgermeister Joshua Bean begrüßt: „Ich danke Ihnen, Mister Earp, für Ihren Einsatz und für die

Rettung der vielen Menschen im Zug. Wenn ich einen Orden hätte... ... ...“

„Ja, ja“, dachte Earp, „das übliche Geschwafel eines Politikers.“

„... und weiterhin wird sich die Eisenbahngesellschaft erkenntlich zeigen.“, kam der Bürgermeister zum Schluss. „Nun, Mister Bean, darf ich Ihnen Miss Emma aus Germany vorstellen. Sie hat mit mir tapfer gegen die Bande gekämpft. Miss Emma wird neben dem Friseur meine Räumlichkeiten anmieten und eine Schneiderei eröffnen. Sie ist spezialisiert auf Arbeitskleidung und Luxuskleidung für unsere höher gestellte Gesellschaft.“

„Hört, hört... genau das haben wir in San Diego gebraucht. Ich darf Sie herzlich willkommen heißen, Miss Emma. Haben Sie auch einen Nachnamen?“, fragte der Bürgermeister. Emma überlegte und wie aus der Pistole geschossen, sagte sie dann: „Von Beck, Emma von Beck.“ Natürlich war das nicht ganz die Wahrheit. Von Beck hieß ja nun ihre Tante Konstanze nach der Heirat mit Emanuel Freiherr von Beck, aber der Name Kaminsky, ein typischer Name aus Berlin, war nun wirklich nicht gerade ein Genuss für die Ohren im Wilden Westen.

In den folgenden Tagen und Wochen richtete sich Emma ihre Schneiderei ein. Auch kamen die ersten Kundenaufträge. Sie änderte zu große Hosen, Jacken, Westen und reparierte auch viel Kleidung. Sogar für die sogenannte feine Gesellschaft nähte sie herrliche Kleider.

Eines Tages kam Wyatt Earp in die Schneiderei. Ein Glöckchen bimmelte, genauso wie zu Zeiten von Tante Konstanze. „Miss Emma, ich möchte ankündigen, dass ich mit meiner Frau wieder nach San Francisco ziehen möchte. Die Familie meiner Frau ist dort beheimatet und ich kann mich mehr um meine Pferdezucht in Santa Rosa kümmern. Außerdem werde ich intensiv nach Ihrem Vater suchen. Die Goldminengesellschaft wird Buch darüber führen. Bevor wir den Umzug durchführen, möchte ich, dass Sie lernen, wie man mit dem Revolver umgeht."

Nicht weit von San Diego, so etwa zwischen Tijuana und San Diego, besaß Earp ein Stück Land. Tijuana wurde gerade gegründet und das Stück Land brachte viel Bares in Earps Kasse. Hier trafen sich Emma und Earp zum Probeschießen. Emma sorgte mit den Berliner Buletten für Nahrhaftes, Josie, wie Wyatt seine Frau nannte, brachte Wein mit, Wyatt war für die Waffen verantwortlich.

„Der Colt sitzt so tief am Bein, dass man bei lockerer Armhaltung schnell den Griff der Waffe erreicht. Bei einem Duell oder einer Verteidigung greift der Zeigefinger sofort zum Abzug… die Hand umschließt den Griff… der Colt wird aus dem Halfter gezogen… zeitgleich spannt der Daumen den Hahn… das geschieht alles ohne darauf zu schauen, denn man schaut dem Gegenüber in die Augen. Die Augen verraten, wann er seine Waffe zieht. Zieht er seine Waffe, ziehen Sie ebenfalls. Dort wo

Sie hinsehen, werden Sie auch schießen. Es gibt immer einen Schnelleren. Viele ziehen langsamer, sind aber bessere Schützen." Emma übte und übte. Zum Abschied schenkten die Earps Emma den Colt, den einmal Wyatts Bruder trug. „Sie können wirklich gut schießen, Miss Emma. Ich hoffe, dass Sie nie schießen müssen. Wir bleiben auf jeden Fall in Kontakt. Ich melde mich sofort, wenn ich von Ihrem Vater höre."
Alle weinten beim Abschied, auch der sonst so knallharte Wyatt Earp.

Die Zeit verging. 1869 gab es ja die ersten Goldfunde in San Diego. Emma vermutete, dass ihr Vater ganz in der Nähe zu finden sei. So stand es auf jeden Fall in seinem letzten Brief. 1885 wurde San Diego an das Eisenbahnnetz angeschlossen. Ende 1889 stellten viele Goldmienen die Schürfung wieder ein. Drastisch fiel die Bevölkerungszahl von 40000 Einwohnern auf unter 16000. Für Emma gab es immer genug zu tun, aber die Stadt veränderte sich. Leider nicht zum Guten.

Die Zeit des Wilden Westen ging nun langsam vorbei. Indianerkriege gab es nicht mehr. Aber Ganoven gab es schon immer und wird es wohl auch immer geben.

Eines Tages, noch vor 1900, ritten Männer in die Stadt. Ausgerechnet in den Stadtteil, wo Emma ihre Schneiderei hatte. Schräg gegenüber eröffneten ein Saloon und ein Glücksspielhaus. Bei den Männern handelte es sich um Jack Miller und seine Gang. Der Sheriff, in die Jahre gekommen, konnte wenig ausrichten. „Wir haben in San Diego eine Waffenfreie Zone. Darf ich um Ihre Waffen bitten, meine Herren.", sagte der Sheriff beim Betreten des Saloons. Noch bevor er richtig aussprechen konnte, wurde er von hinten erschossen. Es war ein brutaler Mord. Der Telegrafist musste alles mit ansehen, genauso Emma. Schnell lief Harry, der Mann vom Telegrafenamt, zu seinem Büro, um dem Marshall zu telegrafieren. Einer von Millers Männern nahm das Gewehr aus dem Sattelhalfter... legte an und schoss Harry in den Rücken. Der nächste Mord, brutal, so wie die Bande bekannt war. Emma lief in ihre Schneiderei zurück. „Hey, was ist denn da für ein Täubchen. Jungs, kommt mal mit." Jack Miller und fünf seiner Ganoven schlugen die Tür zur Schneiderei ein. Sie packten Emma... zerrissen ihr die Bluse... rissen ihren Rock vom Körper und vergewaltigten sie. Einer nach dem anderen verging sich an Emma. Dann ließen sie Emma neben der Nähmaschine liegen.

Jakob, Schmied in San Diego, sah die Vergewaltigung. Schnell lief er zu Emma. „Wenn ich doch nur jünger wäre, dann würde ich es den Schurken zeigen. Emma, sie haben das Telegrafenamt verwüstet. Wir können noch nicht einmal Wyatt Earp verständigen. Aber Hauptsache Du lebst."

Vier Tage später, Emma wurde wieder vergewaltigt... weitere drei Tage später schon wieder. Auch Emmas Schießkünste würden nichts helfen, nicht gegen diese Übermacht. Da braucht es schon einen Wyatt Earp zu. Emma schwor nach Rache. Sie schlich zum Schmied: „Jakob, hilf mir. Bitte baue den Colt von Wyatt Earps Bruder folgendermaßen um. ... ..." Jakob war ein Experte für solche Umbauten. Er hatte für Sheriff Lee Mc Alister bereits einen Umbau realisiert (dazu später mehr).

Nach drei Tagen brachte Jakob Emma den Umbau. Am nächsten Tag hatte die Bande es einmal wieder nötig. Zu viert schlenderten sie über die staubige Straße. Die weiteren fünf Männer standen vor oder im Saloon. „Jungs, Ihr seid nach uns dran. Die Puppe verträgt etwas." Sie traten die Tür ein und bauten sich vor der Nähmaschine, hinter der Emma saß, auf.
„Komm' her, Süße, jetzt geht's in zwei Etappen zur Sache." Emma begann das Nähmaschinenpedal mit den Füßen in Bewegung zu setzen. „Du kannst später weiternähen, wenn wir mit Dir fertig sind."
Emma griff unter die Nähmaschine... plötzlich schoss

Emma im Sekundentakt auf die Vergewaltiger... einer nach dem anderen der Schurken wurden durchlöchert. Schnell liefen die anderen zur Schneiderei. Sie zogen ihre Kanonen, wussten aber überhaupt nicht was Sache war. „Jack, was ist los? Wer schießt hier?" Im Laden

angekommen, sahen sie ihre Kumpanen tot auf dem Boden liegen. „Du Schlampe! Jetzt bist Du dran!" Emma trat wieder auf das Nähmaschinenpedal und Kugel für Kugel traf die Männer tödlich. Die Gang war ausgelöscht.

Wie konnte Emma das schaffen? Nach Emmas Vorgaben baute der Schmied eine Schnellschussanlage. Der Colt wurde beweglich unter der Nähmaschine angebracht. Schubstange, Kurbelachse und Riemen

tauschte er gegen eine Kette mit Patronen aus. Statt der Trommel im Revolver baute er eine Schiene ein, auf der die Kugeln vor den Lauf geschoben wurden. Trat Emma nun auf das Pedal, wurde Kugel für Kugel vor den Lauf transportiert. Emma musste nur noch den Hahn immer wieder spannen und loslassen. Den Abzug baute der Schmied aus. Insgesamt verschoss Emma 228 Kugeln, davon trafen 96 Kugeln die neun Vergewaltiger.

Tage später traf der Bezirksmarshal in San Diego ein. Er musste Emma verhaften. Emma wurde vom Staatsanwalt in Los Angeles angeklagt, in Selbstjustiz neun Männer getötet zu haben. Der Gerichtstermin stand an. Emma und ihr Anwalt plädierten auf Freispruch. Der Staatsanwalt auf neunfachen Mord. Irgendwie wurde die Wahrheit immer mehr verdreht. Woher hatte der Staatsanwalt solche falschen Informationen? Emma verzweifelte. Der Staatsanwalt wurde immer gemeiner. Emma schämte sich, Einzelheiten der Vergewaltigung zu erzählen, so wie der Staatsanwalt es forderte. Immer wieder rief Emmas Rechtsanwalt: „Einspruch, Euer Ehren! Einspruch!"
Der Schmied wurde ebenfalls angeklagt. Seine Aussage gestrichen, die Emma entlasten könnte. Was passierte hier? Emma wünschte sich nur noch zurückzureisen nach Berlin, zu Tante Konstanze oder zu Papa Robert, wo auch immer er war...

Plötzlich ging die große, schwere Tür zum Gerichtssaal auf. Die Sonne blendete etwas, so dass man nicht sah, wer hereinkommt. Starke Schritte mit Geräuschen von Sporen waren zu hören. Zwei Männer gingen direkt auf den Richter zu. Der Gerichtsdiener griff zur Waffe.

„Mein Name ist Marshal Wyatt Earp, ich bitte das hohe Gericht um Gehör." „Wer ist da noch bei Ihnen, Marshal?", fragte der Richter. „An meiner Seite ist der ehrenwerte Robert Camsy, er ist ein einflussreicher Ölmagnat hier in Los Angeles. Aber das tut nichts zur Sache, er ist in Sachen Emma Kaminsky, alias Emma von Beck hier."

Emma drehte sich um... „Papa! Papa!", rief sie.

„Bitte Ruhe!", so der Richter. „Haben Sie etwas zur Sache beizutragen, Marshal?"

„Ja, Euer Ehren. Hier habe ich noch Bob Miller als Gefangenen mitgebracht. Er ist der Bruder vom getöteten Jack Miller. Bob Miller setzte Ihren Staatsanwalt unter Druck. Ihr Staatsanwalt hat Spielschulden in Bob Millers Saloon. Ich denke, dass die Anklage fallengelassen werden muss."

Ohne zu zögern beendete der Richter die Sitzung. Er glaubte Emma von Anfang an und fand die Fragen des Staatsanwaltes als erniedrigend und peinlich für Emma. Emma fiel überglücklich ihrem Vater in die Arme. Wyatt Earp bekam einen Kuss auf die Wange.

„So, liebe Miss Emma, ich konnte mich revanchieren. Kommen Sie uns doch besuchen, meine Frau würde sich freuen.", sagte Earp.

„Revanchieren? Wofür?", fragte Robert. „Ach Papa, das ist eine lange Geschichte.", schmunzelte Emma.

Wyatt Earp ging wieder seiner Wege. Emma und ihr Vater fuhren mit der Kutsche auf die CAMSY RANCH. „Ja, liebe Tochter, das könnte nun Dein Zuhause werden. Nach dem Goldfund investierte ich in Öl. Auf unserer Ranch sind große Ölfelder." „Und wieso nennst Du Dich Robert Camsy?" „Nun, Kaminsky ist nun wirklich kein schön klingender Name hier im Wilden Westen." Beide lachten.

Auf der Ranch angekommen, lernte Emma den Vorarbeiter und Mitbesitzer Joe Warren kennen. Beide verliebten sich ineinander und heirateten. Das Brautkleid schneiderte Emma natürlich selbst. Eine Schneiderei eröffnete Emma nicht mehr. Sie baute ein Team mit Schneiderinnen auf und fertigte Arbeits- kleidung für die Cowboys der Ranch und für die Ange- stellten der Ölbohrtürme an. Später wurde eine spezielle

Kleidung für die Arbeiter hergestellt, die mit den Öl- bohrungen zu tun hatten. Diese wurde dann weltweit bestellt.

Gegründet wurde die Firma
CAMSY SPEZIAL ARBEITSKLEIDUNG.

Emma und Joe Warren bekamen vier Kinder.
Irgendwann wollten alle noch einmal nach Berlin und die
Schneiderei besuchen. Sehen, wer noch lebt, echte
Berliner Buletten genießen, ganz einfach die alte Heimat
besuchen... aber das ist eine andere Geschichte!

Langsam wurde es also ruhiger im Wilden Westen.
Wyatt Earp zog es irgendwann schließlich nach
Hollywood, wo er bei Filmdreharbeiten die
Bekanntschaft einiger berühmter Schauspieler machte.
Bei einer dieser Dreharbeiten traf er mit einem
Nachwuchsschauspieler zusammen, der später unter dem
Namen John Wayne bekannt wurde. Wayne erklärte
später, dass er sich sein Westernimage aufgrund dieses
Zusammentreffens mit Earp zulegte.

Zurück nach Deutschland: In Berlin sollte ein Opernstar
geboren werden – Charlotte Baronin Bergedorf zu
Lippstein.

Sprichwörtlich ist das Berliner Tempo. Um 1900 lebten
mehr als zwei Millionen Menschen in Berlin und
Fahrzeuge aller Art belebten das Straßenbild. Von den
elektrischen Wagen und Droschken, Drei- und
Zweirädern, sah man viele herumfahren. Ein sehr lautes
Getöse, das für den Provinzler kaum auszuhalten war.
Die ersten Straßenbahnen fuhren, Geschäfte und

Gastwirtschaften schossen wie Pilze aus dem Boden. Heinrich Zilles Milieu lebte. Alle waren glücklich und zufrieden. Zilles Bilder spiegelten das einfache Hinterhofleben wieder. Der typische Berlinerische Dialekt gehörte natürlich dazu. In dieser Zeit stand Berlin in voller Blüte. Die Industrie wuchs enorm. Es gab kaum Arbeitslosigkeit und ein pralles Nahrungsangebot war vorhanden. Die Einwohnerzahl stieg, da hier immer mehr Menschen aus dem Ausland leben wollten. Konstanzes Schneiderei am Potsdamer Platz florierte und klein Erna sah immer gern dem Leierkastenspieler zu, der in den Hinterhöfen für einen Groschen spielte. Dabei rutschten ihr die Strümpfe herunter und verträumt lutschte sie an ihrem Daumen. Im Theater am Kurfürstendamm sang Charlotte vor. Sie war gerade mit dem Gesangstudium fertig und hatte eine herrliche Sopranstimme. Charlotte war zwanzig Jahre jung, sah blendend aus und strahlte sehr viel Lebensfreude aus. Keiner wusste von ihrem Geburtsfehler. Geschickt konnte das Mädchen sein Problem verbergen. Mit langen Kleidern ging es gut, die Aufmerksamkeit auf andere Dinge zu lenken. Sie war sehr schön, hatte eine prächtige Stimme und eine gewaltige Ausstrahlung. Charlotte bekam ohne Umschweife die Anstellung. Talentiert, wie sie war, bekam sie bald schon einige Angebote aus dem Ausland. Doch die junge Frau wollte nicht aus ihrer Heimatstadt heraus. Sie war aus gutem Hause. Ihre Eltern – Baron und Baronin Bergedorf zu Lippstein – bewohnten ein großes

Herrenhaus in Charlottenburg. Charlotte hatte dort eine ganze Etage für sich, mit herrlich eingerichteten Zimmern. Nein, warum sollte sie jemals ausziehen? Das Theater am

Kurfürstendamm war ständig ausverkauft, denn alle lagen der jungen Sopranistin zu Füßen. Charlotte sonnte sich in ihrem Ruhm und ihre Eltern waren stolz auf sie. Einige Jahre vergingen. ... Die Entwicklung Berlins ging rasant weiter. Charlotte war mittlerweile eine gefragte Künstlerin und das Theater platzte jedes Mal aus allen Nähten, wenn sie auftrat. Doch eines Tages wurden ihre Eltern krank. Erst der Vater, der schließlich an einer Lungenentzündung starb und den sie bis zuletzt pflegen musste. Kurze Zeit später wurde die Mutter schwer krank und musste gepflegt werden. Es vergingen wieder Jahre. Jahre der Pflege und des Stillstandes ihrer Karriere, denn während sie sich um ihre Eltern kümmerte, konnte sie nicht auftreten. Charlotte sah man an, dass die Jahre nicht spurlos an ihr vorübergegangen waren. Sie wurde in einigen Monaten 26 Jahre alt und hatte, trotzdem sie lange nicht sang, ihre Stimme nicht verloren. Sie sprach und sang wieder im Theater am

Kurfürstendamm vor. Und abermals nahm man sie auf und stellte sie an. Der Erfolg kam zurück. Doch die Aufführung von Tristan und Isolde würde sie so schnell nicht vergessen. Während des zweiten Aktes, sie sang gerade ihre Arie, schrie jemand laut durch die Zuschauermenge: „Von der Bühne runter, einen Krüppel wollen wir nicht sehen!" Ein entsetztes Raunen ging durchs Publikum. Dann wieder der gleiche Zwischenruf. Dieses Mal noch lauter: „Hau' endlich ab, wir brauchen Dich nicht!"

Charlotte hörte es, rannte von der Bühne und verbarrikadierte sich in ihrer Kabine. Sie weinte laut und beruhigte sich nicht. Mit einem Mal waren alle ihre Zukunftspläne und ihr Selbstvertrauen zerstört. Sie ging aus dem Theater und lief kopflos auf die Straße. Charlotte merkte nicht, dass hinter ihr ein junger Mann, elegant gekleidet und dazu noch gut aussehend, herlief. Er versuchte sie zu beruhigen. „Hallo, Fräulein Charlotte, bleiben Sie doch stehen, warten Sie, ich möchte mich bei Ihnen vorstellen."

Die Sopranistin drehte sich um und traute ihren Augen nicht. Was für ein Mann, dachte sie. Das kann es doch eigentlich gar nicht geben. Diese Schönheit war kaum zu fassen. Sie blieb stehen und trocknete schnell mit einem Seidentaschentuch ihre Tränen. Sie wollte nicht, dass dieser Herr sie so sah.
„Ja, ja..." stotterte Charlotte, „schon gut, wer sind Sie denn?" Der elegante Herr antwortete: „Ich will mich

vorstellen. Mein Name ist Konsul Brinkhaus. Ich besuche regelmäßig Ihre Vorstellungen und bin von ihrer Schönheit und natürlich von Ihrer Stimme begeistert." „Aber warum laufen Sie mir nach? Mir kann doch niemand helfen. Und auf diese Bühne gehe ich nicht zurück. Ich schäme mich so." „Charlotte", sagte Konsul Brinkhaus. „Bitte hören Sie mir mal zu. Ich bin der Meinung, dass es schändlich ist, was da passierte.

Was dieser Mensch sich dabei gedacht hat, weiß ich nicht, aber ich weiß eines: Sie sind jung, schön und unglaublich talentiert. Ihre Stimme hat einen besonderen Klang. Etwas Liebliches klingt darin mit, wenn Sie singen. Darum bitte ich Sie, weiterzumachen. Nehmen Sie keine Rücksicht auf diese Neider. Sie hassen, weil sie selbst nicht erfolgreich sind. Das hat wenig mit Ihnen zu tun." „Herr Konsul, wenn ich Ihnen doch nur

glauben könnte." „Charlotte, das können Sie. Außerdem bitte ich Sie, mich bei meinem Vornahmen zu nennen. Ich heiße Lorenz. Ich habe längst erkannt, was in Ihnen steckt und ich sah Ihre Behinderung, die aber für mich nicht existiert, da ich mich ..." Er stockte und wollte nicht weiter reden. Charlotte errötete heftig und wäre am liebsten ganz tief in den Erdboden versunken. „Lorenz wissen Sie, ich wurde so geboren und bin damit bisher gut durchs Leben gegangen. Meine Eltern sind kurz nacheinander verstorben. Ich hatte sie gepflegt, sie waren krank. Nun wohne ich allein in dem großen Herrenhaus in Charlottenburg und wollte mir den Traum von der großen Operndiva erfüllen. Aber ich bin erst mal schockiert." „Darf ich Sie zum Essen einladen?", fragte Konsul Brinkhaus. „Natürlich dürfen Sie, sehr gerne sogar.", sagte Charlotte. „Schon allein deswegen, weil Sie so liebenswürdig sind und mich aufheitern wollen." „Gut", sagte Lorenz, „dann treffen wir uns morgen im Restaurant Unter den Linden um 18 Uhr?" „Das ist mir recht", entgegnete die junge Frau. „Und nun", sagte Brinkhaus, „gehen wir gemeinsam zurück zum Theater und reden mit den Leuten." Charlotte war einverstanden.

Am nächsten Tag trafen sie sich zum Essen und die Stimmung zwischen ihnen war locker und freudig. Charlotte ging aus sich heraus und war noch nie so mit sich im Reinen. Sie fühlte etwas Wunderbares. Konsul Brinkhaus war sehr witzig und seine lockere Art gefiel ihr ausgesprochen gut. Charlotte Selbstwertgefühl stärkte sich wieder. Sie trafen sich nach fast jeder Vorstellung und Lorenz gestand ihr seine Liebe. „Auch ich finde Sie sehr liebenswert. Jedoch, um Sie zu lieben, benötige ich noch etwas Zeit."
Der Konsul hatte Verständnis und wartete.
Bis dann doch eines Tages der Zeitpunkt gekommen war, um ihr einen Heiratsantrag machen zu können.

Sie heirateten prunkvoll und viele Gäste kamen zur Hochzeit. Das Hochzeitskleid wurde selbstverständlich in Konstanzes Nähstübchen geschneidert.
Das Herrenhaus von Charlotte verkauften sie und beide zogen in die Villa des Konsuls. Charlotte und Lorenz bereisten die ganze Welt, denn die Stimme der jungen Frau war überwältigend und alle lagen ihr zu Füßen. Sie wurden sehr glücklich und das Leben im alten Berlin ging weiter. Zille malte seine Bilder, der Verkehr auf den Straßen wurde immer rasanter, die Gartenlokale

und Geschäfte florierten. Konstanzes Schneiderei konnte sich vor Aufträgen kaum retten. Es ist immer wieder eine Freude, aus dem alten Berlin zu berichten, denn diese schöne Zeit werden wir stets in guter Erinnerung behalten. ENDE

Da ist noch eine Sache offen. Wer war der Schmied Jakob? Ursprünglich arbeitete er für die Regierung und fertigte Spezialmunition und Schusswaffen an. Und diese Geschichte ist noch nachzutragen:

Das Duell

Kalifornien 1886. Sheriff Lee Mc Alister sorgte mit ruhiger Hand für Recht und Ordnung in der kleinen Stadt Red City. Der Ort war umgeben von rotem Gestein. Alles deutete auf Kupfer hin. Trotz Goldgräberstimmung erkannten einige Bergleute, dass Kupfer die neue Geldquelle war. Mc Alister war einst in vielen Krisengebieten tätig und für sein Durchsetzungs- vermögen bekannt. Auch für seine schnelle Hand war er bekannt. Jedoch suchte er heute keine Herausforderung mehr. Er wollte nur noch mit seiner Frau und den drei Kindern seine Ruhe haben.

Oft genug wurde er zum Duell herausgefordert. Aus der Vergangenheit steckte ihm immer noch eine Kugel in den Rippen. Aber irgendwann will er auch diese Kugel entfernen lassen, sodass keine Erinnerung mehr an seine turbulente Vergangenheit da ist.

Aber Sheriff Lee Mc. Alister hatte noch eine Leidenschaft. Das Schmieden hat ihm sehr viel Freude gemacht. Sein Vater und Großvater waren Schmiede und er selbst beherrschte dieses Handwerk sehr gut.

Mit dem Schmied Jakob entwickelte Mc Alister einen ganz besonderen Revolver. Jeder nennt den Schmied in Red City nur Jakob. Sein Name ist eigentlich Jakob Dillon. Er arbeitete für die Regierung und fertigte Spezialmunition und Waffen an. Damit er sich in Ruhe zurückziehen konnte, nennt er sich nur noch Jakob.

Sie schufen einen Umbau für einen achtschüssigen Revolver. Die Idee war es, einen zweiten Lauf an der Pistole anzubringen, eine größere Trommel sollte dabei weitere Kugeln mit kleinerem Kaliber fassen können.

Ein zweiter Hahn wurde ebenfalls integriert. Auf diese Weise wollte Lee weitere 4 Schuss Munition zur Sicherheit bereitstellen. Der erste Prototyp war geboren.

... ...

Des Öfteren kamen Fremde in die Stadt. Viele suchten Arbeit im Bergwerk, und andere wiederum, eröffneten einen Laden. Kitty fiel im Saloon der tiefsitzende Revolver bei den neuen Fremden auf. Sie war seit 30 Jahren Bardame und hatte einen Riecher für Ärger. Kitty tippte auf Revolverhelden.
Sie ging zum Klavier und gab Jimmy ein Zeichen.
Die Gäste am Spieltisch durften nichts merken.

„Zwei Bier!", so der eine Fremde. „Schöne Stadt!", so der andere. „Auf der Durchreise", meinte Kitty.
Ein kurzes „Ja" war die Antwort. Um die Stimmung aufzulockern, spendierte Kitty einen Schnaps. Der eine schluckte ihn, der andere nicht. Er sagte: „Ich muss einen klaren Kopf behalten." „Wie heißt denn hier der Sheriff?" „Mc Alister, Sheriff Lee Mc Alister.", antwortete Kitty. „Schick' Deine Bedienung zu ihm, denn er ist in 30 Minuten tot."

Kitty tat es und versteckte einen Zettel in Jennys Hand, auf dem stand: *Lee, sei vorsichtig, es sind zwei Kerle hier, die Dich umbringen wollen.*

Der Sheriff blieb ganz ruhig und sagte: „Hat man denn nie seine Ruhe. Warum muss denn das sein?" Seine Frau rannte herbei. Sie wusste schon was jetzt kam. „Nein, tu' es nicht Lee. Du bist nicht mehr schnell genug, ich habe Angst!" „ Ich bringe sie nur zur Vernunft. Bitte pack' schon einmal unsere Sachen zusammen. Wenn das hier vorbei ist, fahren wir in die Berge und fangen neu an."
Der neue Revolver war noch nicht eingeschossen.
Lee lud ihn. Acht Schuss plus vier extra.

Der eine Revolverheld kam auf die Straße und der andere war verschwunden. Der Sheriff verließ sein Büro und redete mit dem Mann. Dieser rief nur:
„Zieh' endlich, Feigling, gleich bist Du tot."

Lee beobachtete die Augen des Mannes.

Er konnte genau abschätzen, wann der andere ziehen würde. Der Abstand der Männer war noch sehr groß. Der Revolverheld zog. Der Sheriff verschoss alle 8 Kugeln. Der Revolverheld brach zusammen und stand nicht wieder auf, er rief noch: „Macht ihn fertig, Jungs!"

Zwei weitere Revolverhelden kamen mit gezogenem Eisen aus der Seitengasse. Sie wussten ja, die Trommel des Sheriffs war leer geschossen, ahnten natürlich nichts von den 4 Schuss in Reserve.
Der Sheriff schoss ohne zu zögern seine letzte Munition ab... 4 Schuss...
Seine Erfindung hatte das Leben des Sherriffs gerettet.

Er kaufte sich mit seiner Frau eine Farm irgendwo im Süden und sie lebten dort mit ihren Söhnen.

Nun erntete er Gemüse, hauptsächlich Bohnen, mit den blauen Bohnen will er nichts mehr zu tun haben, den Revolver begrub er auf der Farm, irgendwo im Wilden Westen. ENDE

Ja, Spezialmunition… im Wilden Westen gab es das Schießpulver. Nun sind Waffen eigentlich nie etwas Gutes. Aber es gibt eben das Gute und das Böse. Schade eigentlich. Aber in einer Geschichte gab es wohl Munition, die nicht von dieser Welt kommen kann… lest die letzte Geschichte:

Mit den Waffen der Zukunft

„Vermisst du deinen Job?", fragte Lydia ihren Ehemann. „Liebes, ich bin gern hier auf der Farm. Die Arbeit ist ganz ok.", antwortete er.

Er, das war der berühmte US-Marshal John W. Cobb. Lydia bohrte nach: „Ich möchte wissen, ob du zurück möchtest? Willst du wieder in deinem alten Job arbeiten?" „Ja, eigentlich schon.", flüsterte John.

3 Wochen später machten sie sich auf die Reise, in die Welt, in der Recht und Ordnung gebraucht wurden. Recht und Ordnung, das verkörperte Marshal Cobb in verschiedenen Städten der USA. Nach einer Schussverletzung gab er den Job auf und übernahm eine Farm. Diese führte nun Stan weiter. Stan ist Freund und Vorarbeiter der Cobbs.

... ...

Der Weg der Cobbs führte nach Colorado Springs. Hier kannten die Einwohner Marshal John W. Cobb nicht. „Ich bin froh, dass du mir das ermöglicht hast.", seufzte John. „Ach, Liebling, da wo du glücklich bist, bin ich auch glücklich und zuhause.", sagte Lydia.

„Was ist das dort am Himmel für ein heller Stern?", rief John. Beide sahen einen hellen Punkt am Himmel. Sie waren in der Wüste, niemand sonst sah es. Plötzlich begann das Objekt zu taumeln. Jetzt sah man eine lange

Rauchfahne. Das Objekt stürzte in der Wüste ab.
Die Cobbs stiegen aus ihrem Planwagen, sattelten die
Pferde und ritten zur Absturzstelle. Sie glaubten an einen
Kometen. Nach 10 Minuten trauten sie ihren Augen nicht.
Eine etwa 20 Meter im Durchmesser große silberne Tonne
lag qualmend im Wüstensand. Sie standen nun direkt
davor. Plötzlich öffnete eine Tür. Starker Rauch trat aus.
Mit letzter Kraft rettete sich ein Wesen ins Freie. Es war
sehr schwer verletzt. Der Kopf war größer als die der
Cobbs. Auch waren die Arme länger und dünner.

Unerschrocken nahm Lydia das Wesen in den Arm.
John holte die Feldflasche und gab dem Wesen Wasser.
Das Wesen tippte mit seinem Finger auf einen Schalter.
Ein Kästchen trug es am Handgelenk. John legte seine
Hand auf seinen Colt, der im Halfter steckte. Er wusste
schließlich nicht was passieren könnte.
„Gotsch net worm.", sagte das Wesen. Mit 2 Sekunden
Verzögerung kam aus dem Kästchen: „Ich komme in
Frieden. Seid gegrüßt." „Wer bist du? Woher kommst du?
Was bist du? Was ist das für eine Tonne? Wie kommst du
in den Himmel?", wollte Lydia wissen.
Über das Kästchen, welches ein Übersetzer war, kam die
Antwort: „Ich komme von einem weit entfernten
Sonnensystem. Ich beobachte euch schon lange.
Meine Vorfahren waren schon vor langer Zeit bei den
Menschen. Mein Raumschiff ist defekt. Ich dachte, dass
ich bei euch noch eine Bleibe finden würde. Aber nun ist
meine Verletzung zu groß. Nehmt dieses Krysilium.

Es ist hochexplosiv und hat die hundertfache Wirkung wie Dynamit. Verratet aber nichts." Danach starb der Außerirdische. Die Cobbs begruben ihn und schaufelten Sand über das Raumschiff.

Jetzt fuhren sie mit dem Planwagen nach Colorado Springs. Dort angekommen, verschafften sich Lydia und John zunächst einen Überblick. In der Bank gaben sie das Gold ab und tauschten es gegen Dollar ein. Danach wollten sie ins Hotel. John wollte seine Identität noch nicht verraten, er dachte eher an einen Job als Hilfssheriff. Damit wollte er vermeiden, dass rachesuchende Ganoven ihn suchen würden. „Benötigen sie eine Bleibe für ihre beiden Pferde?", fragte ein Junge. „Für einen viertel Dollar sorge ich dafür, dass die Pferde Futter erhalten, striegele sie und der Planwagen wird gut untergestellt."

„Wer bist du denn?", fragte John. „Pedro, ich bin Pedro. Ich sorge für meine Familie.", antwortete der Junge. John gab ihm einen ganzen Dollar und sagte: „Mein Name ist John. Wo lebt deine Familie?" „Mr. John, sie finden meine Familie, mich und ihren Planwagen am Ende der Straße auf der rechten Seite", so Pedro und fuhr mit dem Planwagen los. Im Hotelzimmer überlegten Lydia und John ihre weitere Vorgehensweise.
John besorgte danach eine gute Ausrüstung zur Verteidigung. Lediglich seinen Colt nahm er mit. Die Gewehre blieben bei Pedro auf der Farm. „Na, damit können sie ja Sitting Bull alleine besiegen", lachte der

Verkäufer des Geschäftes, in dem es einfach alles gab. „Ja sicher, ich hörte, dass der Wilde Westen ganz schön wild sei. Ich nehme noch eine Tüte Lutscher.", sagte John. Auf der Straße traf er Pedro. „Hier habe ich Süßes für dich und deine Freunde."
„Können sie meinem Vater helfen?", fragte Pedro.
„Später, mein Junge, später."

In Colorado Springs eröffneten immer mehr Saloons. Es floss viel Alkohol, der ein oder andere Tote war zu beklagen. Viele Familien zogen von Norden nach Süden, von Osten nach Westen, es war der Goldrausch, der alle in seinen Bann zog. Glück und Unglück lagen nahe beieinander. Der Sheriff der Stadt hatte viel zu viel zu tun. ... Die Zeit verging.

In 4 Wochen erwarteten die Cobbs ihr erstes Kind. „Wird es ein Mädchen, so könnte es Betty heißen, wird es ein Junge, dann Jeff.", sagte John begeistert. Lydia darauf: „Wie wäre es mit Joe oder Elizabeth?" „Ist in Ordnung. Hauptsache gesund.", so John. Es wurde dann doch ein Joe. Beide nahmen sich in den Arm und waren glücklich.

Lydia fand eine Anstellung im Kolonialwarengeschäft Smith & Co. John wurde zunächst Viehtreiber, ein echter Cowboy also. Es war als Cowboy ein harter Job. John beobachtete natürlich mit wachem Auge, was in der Stadt passierte. Nun, er war eben US Marshal. Abends sprachen die Eheleute dann über ihren erlebten Tag.

„War Joe brav heute?", fragte John. „Sehr sogar. Wenn alle so brav sein würden. Du bist ja auf der Ranch. Aber hier in der Stadt wird es immer gefährlicher. Es entsteht ein richtiger Bandenkrieg.", mit ängstlicher Stimme sagte Lydia diese Worte. „Und der Sheriff? Kommt er noch zurecht?" „Nein, die Übermacht ist zu groß."

In der Freizeit arbeitete John auf dem Hof von Pedro an seinem Colt. Er baute eine größere Trommel ein. Jetzt hatte der Revolver neun Schuss. Für die letzten drei Patronen verwendete er Krysilium. Nur eine Winzigkeit sorgte für eine Explosion, ähnlich wie viele Stangen Dynamit. Die Trommel ließ sich leicht entnehmen, eine gefüllte Ersatztrommel hatte John immer in der Tasche. Er hatte noch mehr vor, aber alle Arbeiten kosteten sehr viel Zeit.

„Mr. John, darf ich dich etwas fragen?", so Pedro. „Natürlich, mein Junge. Was bedrückt dich?" „Mr. John, es geht um meinen Vater. Er ist von einer Bande verschleppt worden. In einer Mine muss er arbeiten. Der Sheriff sagt, er wäre in Omaha. Aber dort sei er nicht zuständig. Mr. John, kannst du helfen?" „Ich werde dir und deiner Familie helfen. Ihr habt mir und meiner Frau auch sofort geholfen. Bei euch ist Joe geboren worden und ihr passt gut auf mein Kind auf. Ich verspreche, ich helfe dir. Übrigens, verrate aber nichts, ich bin US Marshal."

Abends besprach John alles mit seiner Frau Lydia. Lydia hatte schlechte Nachrichten. In zwei Tagen erscheint hier in Colorado Springs die Stanton-Bande. Der Sheriff mobilisiert gerade Helfer. Aber wer wird schon mit Revolverhelden fertig? „Lass' mich überlegen, Lydia. Bleibe du an dem Tag im Geschäft und lasse dich nicht auf der Straße sehen. Unser Joe ist bei Pedro gut aufgehoben. Schlafen wir jetzt.", beruhigte John seine Frau.

John nahm sich für den besagten Tag frei. Er hatte so gute Arbeit geleistet, dass der Rancher Cliff Dorn ihm gern diesen Wunsch erfüllte. Morgens brachten Lydia und John ihren Sohn zu Pedro. Lydia ging normal zur Arbeit. Vor dem Laden stand eine Bank. John setzte sich mit einer Zeitung darauf und beobachtete alles. Der Sheriff war sehr nervös. Er verteilte seine Helfer. John erinnerte sich gern an seine Deputys. ´Wenn er jetzt die Truppe hätte... aber die war 200 Meilen entfernt.´

Plötzlich kam ein Reiter und rief: „Sie kommen! Bringt euch in Sicherheit! Sie kommen!"

Eine dramatische Situation entstand. Der Sheriff stellte sich wagemutig mitten auf die Straße. „Das ist ja Wahnsinn", murmelte Marshal John W. Cobb. Die Bande ritt in die Stadt ein. Angeführt von Bill Stanton. Fünfzehn Männer saßen bis an die Zähne bewaffnet auf ihren Pferden. Die Bewohner von Colorado Springs versteckten sich. Zwei Helfer des Sheriffs hatten die Hose voll und liefen einfach in die Kirche.

„Wie ist die Lage, John?", flüsterte Lydia durch die etwas geöffnete Ladentür. „Die Bande fühlt sich sehr sicher, sie haben sich nicht verteilt. Ich hoffe es sind nicht mehr. Ansonsten... fünfzehn Ganoven auf einen Streich."

Immer näher kam die Bande. Mit ihren Revolvern und Gewehren zielten sie auf Fenster und Türen. Sie schossen nicht, aber verbreiteten so Angst und Schrecken. Jetzt ritten sie an John vorbei. Mit der Zeitung verdeckte er seinen umgebauten Colt. Nun standen die fünfzehn Männer vor dem Sheriff. John war in ihrem Rücken. „Mach' dich aus dem Staub, Sheriff. Wir übernehmen die Stadt.", befahl Bill Stanton. „Ich verhafte euch im Nehmen des Gesetzes", antwortete mutig der Sheriff. Die Männer positionierten sich nebeneinander vor dem Sheriff. Langsam erhob sich Marshal John W. Cobb und suchte Schutz vor einem Pfosten. Lässig lehnte er sich daran, aber mit der Hand am Colt. „Ihr habt gehört, der Sheriff hat euch etwas gesagt. Ich sage hiermit, legt die Waffen nieder." Drei Männer drehten ihr Pferd in Richtung Marshal. „Wer sagt das?" „Mein Name ist Marshal John W. Cobb und nun runter mit den Waffen."

Die Männer zogen ihre Revolver. Der Marshal war klar schneller. Noch drei Schuss waren offiziell in der Trommel. Bill Stanton schoss auf den Sheriff. Am Boden liegend erschoss dieser zwei Männer. Dann traf ihn eine weitere Kugel. Jetzt drehten sich zehn Männer zu Marshal Cobb. „Was war noch, Großmaul? Was willst du mit deinen drei Kugeln ausrichten?", so Stanton.

„Ich warne euch ein letztes Mal, Waffen fallen lassen.", so der Marshall. „Macht ihn fertig!", schrie Stanton. Noch ehe die Bande ihre Kanonen ziehen konnten, erschoss der Marshal mit den drei Kugeln Bill Stanton, danach schoss er mit den Krysilium-Patronen in die Mitte der Bande. Die heftigen Explosionen warfen die Männer von den Pferden. „Nun noch einmal, ich verhafte euch im Namen des Gesetzes.", sagte der Marshal mit ruhiger Stimme, dabei setzte er die nächste gefüllte Trommel ein. Jetzt kamen die Helfer des Sheriffs aus ihren Verstecken und brachten die Überlebenden ins Gefängnis.

Der Sheriff wurde verarztet. Noch lange Zeit erzählten sich die Bürger von Colorado Springs dieses Duell. „Ich bleibe solange mit meiner Familie in der Stadt, bis sie gesund sind, Sheriff.", sagte der Marshal. „Einen Mann wie sie könnten wir hier gut gebrauchen. Ich danke ihnen im Namen der Stadt Colorado Springs. Ich verdanke ihnen mein Leben, Marshal.", so der Sheriff. „Leider muss ich ablehnen. Ich habe einem kleinen Jungen etwas versprochen. In der nächsten Woche geht es nach Omaha."

Der Tag des Abschiedes aus Colorado Springs nahte. Familie Cobb wurde mit großem Beifall verabschiedet. „Ich werde nach Omaha telegrafieren. So dass dort alles vorbereitet wird. Das ist das Mindeste was ich tun kann, um ihnen das Leben dort zu vereinfachen.", versprach der Sheriff von Colorado Springs.

Der Weg nach Omaha war lang und beschwerlich. Über 600 Meilen waren zurückzulegen. Der alte Planwagen musste oft von John repariert werden. Es war heiß. Die Sonne war mörderisch. Langsam gingen die Essens-Vorräte zu Ende. Wasser hatten sie genug, denn die Bewohner in Colorado Springs empfahlen die Route am Platte River entlang. Die Stadt Lexington war das nächste Ziel, um alle Vorräte aufzufüllen. In Lexington erwarb John zwei Reitpferde und alles was nötig war, um den Rest der Reise zu überstehen. Nach zwei Tagen ging es weiter in Richtung Omaha.

Die Reise wurde jetzt abwechslungsreicher. Hin und wieder sah man nun Eisenbahnarbeiter. Der kleine Joe verfolgte alles sehr aufmerksam. Kurz vor Lincoln sahen Lydia und John Rauchwolken am Horizont. „Ich reite voraus und sehe mir das einmal an. Nimm das Gewehr.", sagte John etwas besorgt zu seiner Frau. Er selbst nahm den umgebauten Colt mit. Vor der Reise konnte John noch die letzte Stufe seiner Umbauaktion erledigen. John ritt los. Von weitem konnte er erkennen, dass Männer auf Pferden fünf Planwagen angriffen. Waren es Indianer? John kam näher. Es schien eine Bande zu sein. Mit Halstüchern verdeckten sie ihr Gesicht. Bis auf 1500 Meter näherte sich John an. Jetzt konnte er genau erkennen, dass Frauen und Kinder in den Planwagen waren. Die Väter verteidigten sich tapfer, waren aber chancenlos. Sie waren mit der Bande völlig überfordert. John suchte sich eine leichte Anhöhe.

Jetzt schraubte er Laufverlängerungen an seinen umgebauten Colt. Er wechselte die Trommel aus, befestigte ein Zielfernrohr und legte die Spezialmunition Kysilium ein. Die 1500 Meter waren locker zu schaffen. Er zielte auf die Bande. Natürlich sollten die Frauen, Männer und Kinder nicht verletzt werden. John schoss. Das Geschoss heulte durch die Luft. Es erinnerte John an das abstürzende Raumschiff. Eine Explosion zwischen den Angreifern. Sie irrten herum. John schoss wieder. Eine Kugel legte er noch nach. Wieder Explosionen. Die überlebenden Angreifer suchten das Weite. Mittlerweile war Lydia mit dem Planwagen angekommen. Sie fuhren nun zu den Familien.

Die Kinder liefen Lydia und John schon laut rufend entgegen: „Sie haben uns gerettet, sie haben uns gerettet! Dankeschön!" Abends am Lagerfeuer erzählten alle Geschichten aus dem Leben. Die Gruppe kam aus Irland und wollte sich als Farmer in Amerika niederlassen. Zunächst dachten sie an das Gold. Aber als Goldgräber war es mit Kindern viel zu gefährlich. Alle zogen von Dublin aus in den Westen. „In Dublin wohnen meine Eltern.", sagte Lydia. „Ach, wie klein die Welt ist. Wo denn da?", fragte Jane McReed. „Nahe des Hafens.", antwortete Lydia. „Ja, der Hafen zur Irischen See ist wunderbar. Wir haben ihn oft besucht.", so Jane.

Zufrieden legten sich alle um das Lagerfeuer zum Schlafen.

Nach der Verabschiedung am frühen Morgen zogen die Farmer nach Westen und Lydia und John weiter nach Osten. In Omaha, nach langen 600 Meilen, wurden sie vom Hilfssheriff Cliff Northon freudig empfangen. „Ich habe für sie ein Hotelzimmer gebucht. Robert kümmert sich um ihr Gepäck und den Planwagen. Ruhen sie sich erst einmal gut aus."

Am nächsten Tag ging John ins SHERIFF'S OFFICE und erklärte sein Anliegen. „Deputy, es wurden auf dem Weg hierher Siedler überfallen. Irische Farmer, die nun auf dem Weg nach Westen sind. Ich musste viele Angreifer erschießen. Ich schreibe noch einen Bericht." „Das ist kein Problem. Ihr Ruf eilte von Colorado Springs voraus. Ich werde alles Nötige veranlassen. Aber auch die Stadt Omaha hat ein Anliegen. Unser Sheriff ist vor 6 Tagen erschossen worden. Am Sterbebett gab er mir dieses Telegramm von seinem Freund in Colorado Springs. Sie haben dort die Stadt gerettet und das Leben vieler Bewohner. Ich benötige ihr Dienste.", so der Hilfssheriff Cliff Northon.

Lydia und John richteten sich in einem kleinen Haus am Rande der Stadt gemütlich ein. Es hätte auch noch ein größeres Haus gegeben, aber der große Stall war dann doch ausschlaggebend. Hier konnte Stan seine Arbeiten an den Waffen fortsetzen. Und gerade damit begann er sofort, während seine Frau das Haus einrichtete. Herrliche Stoffe für Vorhänge, ein wunderschönes rotes Sofa, ein Teeservice aus Germany und viele Dinge mehr, die Lust auf einen gemütlichen Feierabend machen sollten. Die Kinder aus der Nachbarschaft brachten dem kleinen Joe Spielzeug aus Holz. Lydia fand eine Anstellung als Lehrerin.

„Guten Morgen, Cliff. Ist ein herrlicher Tag heute.", sagte Marshal Cobb. „Ja, wunderbar. Haben sie sich gut eingerichtet, Marshal?" „Wir sind sehr zufrieden. Es sind so viele nette Menschen in ihrer, sorry, unserer Stadt." „Stimmt. Unser ehemaliger Sheriff hatte alles gut im Griff. Wir haben nur Probleme mit den Besitzern der Erz-Mine im Norden." „Hat der Tot des Sheriffs damit zu tun?" „Korrekt. Und ich würde denen gern das Handwerk legen." „Sagt ihnen der Name Pedro Morgeno etwas?", fragte der Marshal. „Ja, der Sheriff in Colorado Springs sendete einmal ein Telegramm. Mehrere Mexikaner wurden verschleppt. In der Mine arbeiten viele Mexikaner. Die Besitzer, die Brüder Dennon, haben eine Festung aus der Mine gemacht. Niemand kommt rein, niemand raus. Sie selbst kommen samstags zum Bier in die Stadt und nehmen Proviant mit." „Und was geschah mit dem Sheriff." „Es gibt angeblich keine Zeugen, denn die Brüder Dennon zwangen alle Besucher des Saloons sich umzudrehen. Angeblich sollte es ein faires Duell gewesen sein. Aber der alte Hardy sagte, der Sheriff wurde von zwei Mann festgehalten." „Wo finde ich diesen Mr. Hardy?", fragte der Marshal nach. „Erschossen. Zwei Tage nach der Aussage fand ich ihn hinter dem Pferdestall." „Morgen reite ich zu der Mine, werde die Lage einmal prüfen." „Soll ich sie begleiten?" „Nein, in der Stadt muss ein Gesetzesvertreter bleiben." „Aber Pete könnte sie begleiten. Er kennt den Weg." „Okay, damit bin ich einverstanden."

Am nächsten Morgen starteten der Marshal und Pete zur Mine. „Dort sind die ersten Wachposten, Marshall. Wir reiten um die Felsen herum, dann können sie den Eingang der Mine sehen.", erklärte Pete. Mit seinem Fernrohr sah der Marshal, dass die Arbeiter ausgepeitscht wurden. Ein Mexikaner lief davon. Er wurde von einem Aufseher ohne zu zögern erschossen. Pete sagte: „Das war Mike Dennon, er trägt ein rotes Halstuch. So ein Schwein. Aber alle sind sie Schweine." Pete war verbittert.

Am Abend beratschlagten Cliff Northon und der Marshal die Lage. „Morgen ist Samstag. Ich nehme mir die Dennon's morgen zur Brust." Sie ritten zurück.

Lydia hatte ein herrliches Abendessen vorbereitet. „Was macht unser Sohn?", fragte John. „Er wächst und gedeiht, Liebling. Mit seinem Holzrevolver spielte er heute mit den Kindern im Hof. Soll er später auch einmal Marshal werden? Was meinst Du?" „Politiker wäre mir lieber. Wir kennen doch die Weltgeschichte." Nach dem Essen ging John noch in den Stall, den er sich zu einem Arbeitsraum eingerichtet hatte. Es wurde spät. „Schläfst du, Schatz?" „Ich habe noch auf dich gewartet. Die Rechenarbeiten habe ich schon korrigiert. Was hast du gearbeitet?" „Ich habe den Colt weiter verbessert. Schlafe gut, mein Darling."

Der Samstag begann ruhig. Gegen 16 Uhr trafen die Dennon's in der Stadt ein. Nach dem Einkauf gingen Big Dennon, Jack Dennon und Mike Dennon in den Saloon. John trat ebenfalls ein: „Mein Name ist Marshal John W. Cobb. Um mir einen Überblick zu verschaffen werde ich sie Montag besuchen." „Was sagt die Kakerlake?", murmelte Big Dennon. „Die Kakerlake will zum Tee kommen, Big Dad.", provozierte Mike Dennon. „Ach ja, Mike Dennon?", so der Marshal. „Was willst du, Kakerlake?" „Ich nehme sie wegen Mordes im Namen des Gesetzes fest." Mike Dennon griff zum Revolver. Der Marshal war schneller. „Drücken sie ab, sind sie eine Leiche.", sagte Cobb. In diesem Augenblick kam der Hilfssheriff mit einer Winchester in den Saloon und hielt die anderen Dennon's in Schach. Jack und Big Dennon verließen die Stadt mit der Androhung: „Ich hole meinen Jungen hier raus. Und dich, Kakerlake, vernichte ich mit einem Kugelhagel!"

Mike Dennon wurde eingesperrt. „Ich telegrafiere Richter Smith in Kansas City, aber das wird 30 Tage dauern, bis er hier ist.", sagte Cliff Northon. „Nun, ich bleibe dabei, Montag erledige ich die Bande. Es dürfen nicht noch mehr Menschen in der Mine sterben." „Marshal, muten sie sich nicht zu viel zu, man lebt nur einmal. Aber bei dieser Brutalität ist es fraglich, ob es noch Menschen im Jahr 1970 auf diesem Planeten gibt.

Vielleicht lebt es sich auf dem Mond besser. Oder es gibt sogar ganz andere Wesen?"

„Mann, wenn sie wüssten.", murmelte Cobb.

Marshal John W. Cobb machte sich am Montag um 9 Uhr auf den Weg zur Mine. Der Marshal wollte die Sonne im Rücken haben. Er beobachtete wie Big Dennon, Vater von Jack, Norman, Robert und Mike, die Wachen verteilte. Drei Mann patrouillierten um den hohen Zaun herum. Cobb wartete ab, die drei Männer ritten auf den Eingang zu. Die Sonne stand gut. Das Mündungsfeuer des umgebauten Colts konnten sie bestimmt nicht erkennen. Ein gezielter 1000-Meter-Schuss und die drei Reiter starben an der Explosion. Das gut gesicherte Eingangstor brach zusammen. Die Dennon's und ihre Revolverhelden rannten aus dem Haus, schossen wild um sich und suchten Schutz. Cobb ortete jeden von ihnen. Er schoss auf die Pferdetränke... eine gewaltige Explosion durch das Krysilium töte den Revolvermann. Der nächste 1000-Meter-Schuss traf das Haupthaus, es ging in Flammen auf. Die Sache lief gut. Plötzlich bemerkte der Marshal, dass hinter seinem Rücken eine Handvoll Männer entkamen. Der Marshal ritt um den Hügel herum, um zurück in die Stadt zu kommen.

Dort angekommen sah er die aufgeregten Bürger. Hier passierte einiges. Mike Dennon überrumpelte den Hilfssheriff und bot den Revolverhelden Ross und Clark 500 Dollar für die Ermordung von Marshal Cobb. Clark brachte noch seine fünf Freunde mit. „Marshal, ich habe einen Fehler gemacht. Jetzt wird die Bande unsere Stadt in Schutt und Asche legen.", wimmerte Cliff Northon.

Alles beruhigte sich wieder, denn Cobb sagte mit seiner beruhigenden Stimme: „Alles wird gut, Leute. Ich nehme den Kampf auf. Wie in Colorado Springs benötige ich den schnellsten Reiter unter euch. Er muss frühzeitig ankündigen, wann die Bande von der Mine aus losschlagen will." Jetzt hatte Cobb es mit den Ganoven in der Stadt zu tun und mit denen, die noch kommen werden. John ließ seinen alten Planwagen aus dem Stall holen. „Ist der schwer zu schieben... Marshal... was haben sie hier verbaut?", rief Pete und quälte sich mit vier weiteren Männern. Den Wagen ließ der Marshal vor das Office schieben. Man sah wohl, dass die Holzräder durch Stahlräder ausgetauscht wurden. Aber der Rest schien Holz zu sein. Er war nun höher als sonst, das sah man aber nicht, da das bogenförmige Planwagendach viel verdeckte. Die Bürger sollten in ihren Häusern bleiben. Lydia und Joe versteckten sich im Office.

„Sie kommen! Sie kommen!", rief der Beobachtungs-posten. Jetzt war die Stadt totenstill. Aus zwei Richtungen griffen die Revolverhelden an. Sie sahen den Planwagen und den Marshal darin, sofort schossen sie aus allen Rohren. Das Planwagendach wurde weggeschossen. Der Wagen wurde durchlöchert. „Wir haben ihn! Legt die Stadt in Schutt und Asche!", schrie Big Dennon.

Wie aus dem Nichts stand plötzlich der Marshal im Planwagen auf und schoss im Zehntelsekundentakt auf alles was sich bewegte. Auf seinem Colt war ein langer Schacht angebracht, in dem 100 Schuss Munition waren. Die Revolverhelden waren irritiert und schossen entweder weiter oder suchten Schutz im Saloon. Der Marshal setzte das nächste Magazin auf. Nun war die Munition mit Krysilium bestückt. 100 Schuss... unendliche Explosionen... es gab um den Planwagen herum nur noch Tote. Das Magazin war leergeschossen. Jetzt setzte Cobb die umgebaute Trommel mit 9 Schuss wieder in den Colt ein.

Langsam ging er zum Saloon. Robert Dennon war noch nicht erledigt. Von einer Kugel getroffen stand er auf, versteckte sich hinter dem Planwagen und zielte auf den Sheriff. „Kakerlake, du bist jetzt dran!" Der Marshal war in der Falle, er stand zwischen Planwagen und Saloon. Ein Schuss fiel. Robert Dennon brach zusammen. Lydia zielte genau. „Und jetzt mache sie fertig, John!", rief sie ihrem Mann zu. Vier Mann standen vor dem Saloon und waren geschockt. Sie zogen ihre Kanonen und schossen auf den Marshal. Die Kugeln landeten im Sand, der Marshal war noch zu weit entfernt. Die Männer luden nach. „Ihr seid verhaftet, legt die Waffen nieder!", rief Marshal John W. Cobb. Die Männer schossen weiter. Cobb zog den Colt. Drei Kugeln aus Krysilium schossen pfeifend durch die Luft. Explosionen... Tote.

Revolverheld Frank Ross und Mike Dennon waren noch im Saloon. „Weitere 1000 Dollar wenn wir das Schwein erledigt ist.", bot Mike an. „Okay!", antwortete Frank Ross.

Der Marshal kam durch die Pendeltüren. Die Männer standen sich nun gegenüber. Der Marshal hatte nun noch sechs normale Patronen. Es wurde nun ein echtes Duell. "Zieh!", schrie Mike Dennon. Der Marshal achtete nur auf die Augen der Gegner. Er hörte nichts und sah nichts anderes. Dann das Zucken bei Frank Ross. Der zog den Revolver. Blitzschnell zog der Marshal, mit dem Daumen spannte er den Hahn, der Zeigefinger reagierte sofort. Zwei Schuss! Die eine Kugel traf Frank Ross. Ross' Kugel traf nur die Pendeltür. Mike Dennon zog auch die Waffe. Wieder war der Marshal schneller.

... ...

Die Stadt feierte den Erfolg. „Marshal, was war denn nun mit ihrem Planwagen los, warum war der so schwer?", fragte Pete. „Ich habe Stahlplatten von den Eisenbahnen eingebaut.", antwortete der Marshal. „Hey, unser Marshal hat eine eigene Eisenbahn!", lachte Pete. „So, jetzt will ich noch los zur Mine. Ich habe dem kleinen Pedro ja etwas versprochen.", rief Cobb in die Runde.

Er nahm ein Bild von sich, mit seiner Frau und Joe, mit zur Mine. An der Mine angekommen fand er noch etwa eine Handvoll Mexikaner vor. „Ist Mr. Morgeno unter ihnen?", fragte der Marshal.

„Ich bin Jose Morgeno.", sagte ein Mann. „Dein Sohn hat mich geschickt. Hier sind 100 Dollar. Zeige ihm dieses Bild und grüße deinen Sohn von seinem Mr. Marshal."

Abends fielen sich Lydia und John in die Arme. „Was macht unser Sohn?", fragte John. „Er wächst und gedeiht.", lachte Lydia.

Viele, viele Jahre war John W. Cobb noch Marshal in Omaha. Jede Menge Abenteuer hatte er noch zu überstehen, denn der Wilde Westen war wild und unberechenbar.

Lydia wurde Schulleiterin. Sohn Joe zog es in den Osten, in New York bekleidete er das Amt eines Richters.

Bei Ausgrabungen im Jahr 2020 fand man nördlich von Omaha den Spezial-Colt und eigenartige, nicht von dieser Erde stammende Patronen, die hochexplosiv waren. Das unterlag der höchsten Geheimhaltung. Ende 2021 fand eine Pfadfindergruppe in der Wüste, westlich von Colorado Springs, das UFO.

Viele Fernsehsendungen befassen sich heute damit. Fragen über Fragen...

ENDE

ENDE? Was John Wayne damit zu tun hatte...
in 2022 wird es gelüftet...